蒋 风

2006 年在金华市青少年宫给孩子们讲诗。

应邀赴上海参加"童谣儿歌全国少儿作品评奖"工作会。

每次给孩子们讲诗前，都做了认真的准备。

2006年在金华市青少宫教孩子们写诗时，每堂课都写了备课札记，也就是本书的原始初稿。

2004 年 7 月，应邀出席在东阳横店由《儿童诗》等刊物举办的"全国小诗人夏令营"，为获奖小诗人颁奖。

在蒋风爷爷指导下各地以班级为单位办起来的诗报、诗集，琳琅满目。

蒋风爷爷在马来西亚给小朋友们上课，指导如何写诗。

马来西亚小朋友席地写诗。

设立在金华市金师附小内的"中国儿童诗博物馆"中有"蒋风陈列室"。

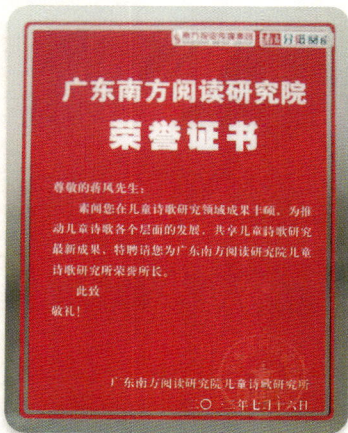

广东南方阅读研究院在 2012 年 7 月 16 日成立儿童诗研究所，由蒋风爷爷担任荣誉所长。

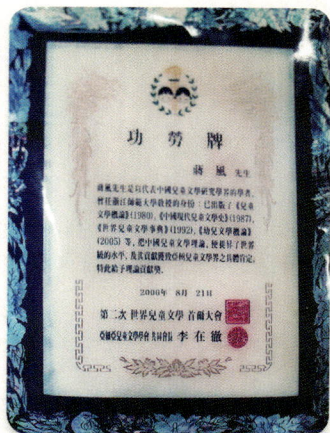

2006 年 8 月在第二届世界儿童文学首尔大会上荣获唯一的理论贡献奖。

2014 年 8 月在第三届世界儿童文学大会上荣获儿童文学交流和儿童文学发展贡献奖。

2015 年荣获"2015 年度特殊贡献奖"。

2015 年荣获"陈伯吹国际儿童文学奖"。

the International
BROTHERS GRIMM
Award

2011 The 13th Recipient
Professor Jiang Feng
财团法人 大阪国际儿童文学馆
International Institute for Children's Literature, Osaka
财团法人 金兰会
Kinrankai Foundation
大阪府立大手前高等学校同窓会金兰会

2011 年荣获第 13 届国际格林奖，成为第一个获此殊荣的中国人。上图为颁奖现场，下图为银质奖牌。

蒋风爷爷教你学写诗

蒋风 著

浙江工商大学出版社

图书在版编目（CIP）数据

蒋风爷爷教你学写诗 / 蒋风著 . — 杭州：浙江工商大学出版社，2018.6（2021.12 重印）

ISBN 978-7-5178-2794-8

Ⅰ . ①蒋… Ⅱ . ①蒋… Ⅲ . ①儿童诗歌 – 诗歌创作 –研究 – 中国 – 当代 Ⅳ . ① I207.8

中国版本图书馆 CIP 数据核字 (2018) 第 129224 号

蒋风爷爷教你学写诗

蒋　风　著

责任编辑	唐　红　　梁春晓
封面设计	李奕瑶　　林朦朦
插　　画	辛　然　　王雨哲
责任印制	包建辉
出版发行	浙江工商大学出版社
	（杭州市教工路 198 号　邮政编码 310012）
	（E-mail: zjgsupress@163.com）
	电话：0571-88904980，88831806（传真）
排　　版	庆春籍研室
印　　刷	广东虎彩云印刷有限公司绍兴分公司
开　　本	880mm×1230mm　1/32
插　　页	0.25
印　　张	8.625
字　　数	205 千
版 印 次	2018 年 6 月第 1 版　2021 年 12 月第 3 次印刷
书　　号	ISBN 978-7-5178-2794-8
定　　价	32.00 元

序

　　蒋风先生是我国儿童文学界的泰斗，是国际格林奖评委，嘱我写序，着实令我忐忑。

　　我是学科教学研究者，主要从事小学作文教学研究。恭敬不如从命，拜读《蒋风爷爷教你学写诗》，竟然发现有许多相通之处。《蒋风爷爷教你学写诗》是蒋先生教小学生写儿童诗。蒋先生基于儿童文学创作的视角教作文，有其独特的视点与新颖的见解。

　　写诗，从观察入手，用眼睛看，用耳朵听，用鼻子闻，用触角感知生活，"味觉也是个美的世界"。观察，就是发现生活美，生活是作文的源泉，从观察入手就是从生活中发现写作的题材。观察能力是作文能力，通过观察获得材料的过程，有助于培养表现中心、组织片段和写简短记叙文的能力。

　　写诗，要展开想象的翅膀，想象要奇妙、鲜活、独特。写诗，"以联想开拓思路"，有相似联想、接近联想、对比联想、连锁联想、顺序联想等，海阔天空，自由翱翔。蒋先生教联想和想象，是培养作文能力，通过联想和想象产生材料，有助于培养遣词造句的能力。培养联想能力，还有助于培养创造性思维，培养创造型人才。

写诗，要写"爱"，有爱才能有诗，"诗是表达情感的"，要"把内心的情感画出来"。作文要言之有物，言之有序，言之有情，"表达情感"就是言之有情。特别是"画"情感，抽象事物形象化，观点新颖，孩子能听懂，既强调了作文要重视概括思维，又要学会运用叙述、描写、抒情等表达方式。这是小学高年级作文训练重点，也是促使作文"质"的飞跃的极好抓手。

"诗是语言的艺术"，蒋先生教写诗，也是在教作文。小朋友长大了，不一定当作家，但常常离不开写作。学作文可以从"写诗"开始，儿童诗短小活泼，形象生动，趣味盎然。会写儿童诗的小朋友，就掌握了语言的艺术，写作文富有诗情画意，这是美文啊！所以，蒋先生教你"使每一个字都闪亮发光"——遣词造句，"用好一个字，灵动一首诗"——推敲，"好诗是改出来的"——修改，招招都能帮你练好扎实的作文基本功。蒋先生教"写诗"，引用了大量的经典童诗，"从阅读入手"，阅读是作文的基础，读写结合是我国宝贵的写作经验。特别是同龄人的作品一定会让小读者感到亲切、自然，感觉榜样就在身边，跳一跳就能摘到桃子。

读着读着，我与蒋先生的距离越来越近了，忐忑的心趋于平静，似乎在倾听一位文学创作研究者的小学作文教学论，竟然给我的小学作文教学论提供了许多鲜活的佐证，为我打开了又一扇儿童文学写作之窗，受益匪浅。小朋友们读了《蒋风爷爷教你学写诗》，收获一定比我更大，既学会了写诗，又提高了作文能力。

是为序。

吴立岗于上海师范大学

2017 年 10 月 31 日

吴立岗简介

吴立岗，上海师范大学研究员，原全国小学语文教学研究会副理事长兼学术委员会主任，上海师范大学教育科学研究所所长，《外国中小学教育》主编，上海市教委文科重点学科"教学论"学术带头人，上海市小学语文教材（实验本）主编。他在 20 世纪 80 年代初首创的"小学作文素描训练"已被公认为是国内最具影响的作文教学流派之一，专著有《教学的原理、模式和活动》《小学作文教学论》《小学作文素描教学》《吴立岗作文教学研究文集》等，其中《小学作文教学论》对小学作文教学具有很大的指导意义。

跟"诗"做朋友

小朋友们，你们好。今天让我来给你们介绍一位好朋友，好不好？

这位朋友啊，不仅长得很美，也很聪明，她懂得好多好多知识，可有学问啦！她不仅可以帮助你们提高驾驭祖国语言文字的能力，而且还能和你们一起陶冶高尚的情操，做一个见多识广、有胆有识的谦谦君子哩！

想必你们一定会拍手说："好啊，好啊，欢迎，欢迎！"

可她是谁呀？

好，现在我就把她介绍给你们，让你们与她成为好朋友。

她姓童，名诗，叫"童诗"。

"哦，原来说的是她呀！"

这下你们该知道了吧。我说的童诗就是她。

那么，童诗是什么呢？

童诗就是写给儿童的诗。

美国诗人弗洛斯特说："读起来很愉快，读过以后会使自己变得聪明起来的，那就是诗。"

诗是真、善、美的完美化身，它通过人的美感体现出来。凡是令人感到美好、愉悦的事物，都可以说是物化的"诗"。

越美的事物，诗味就越浓。

如：湛蓝湛蓝的天、悠悠飘逸的白云、姹紫嫣红的花、绿得使人心醉的树……都是很美的事物，还有"春来江水绿如蓝""映日荷花别样红""霜叶红于二月花"……更是把美景美事诗化了。因为这些事物都很美，古代诗人用精练的语言把它的意境表现出来，成为千古不朽的名篇佳句。

生活中，美好事物很多，等待我们去发现。因此，在我们周围处处充满了"诗眼"和"诗意"。

美的事物，有的已被诗人们发现，并用生动活泼的语言将她表现在优秀的诗篇中。这些内容新颖生动、思想深邃感人的作品，读了之后，使我们感到愉快，从中得到美感，受到启迪。许多诗篇都蕴藏着深刻的哲理，能启发我们的智慧，照亮我们的心灵，所以弗洛斯特说"读过以后会使自己变得聪明起来的"。

其实，不仅如此，诗还能陶冶我们的情操，净化我们的心灵，磨砺我们的意志，激发我们的创造力。

另一位美国诗人法夏用诗的语言对"什么是诗"做了一番更为有趣的回答：

什么是诗？谁知道。
它像玫瑰，可并不是那玫瑰；
像亮光，可并不是那天空；
像翅膀闪光，可并不是那翅膀；
像海涛声，可并不是那海浪；
像我的神气，可并不是我的身体；
它使你看到、听到、感觉到一些东西，

都是普通文章办不到的。

它究竟是什么？谁知道。

　　在这里，诗人用了许多比喻来解释"诗"：诗不是玫瑰、不是天空、不是翅膀、不是海浪、不是诗人的身体，"诗"指的是一种"感觉"，一种由玫瑰、蓝天、海浪……一些美的事物引起的美好感觉。每一种美好感觉，都可以写成一首美好的诗。

　　小朋友们，读了这两位美国诗人对诗的阐释之后，相信你的头脑里一定会浮现一个叫作诗的小精灵，她很美，也很惹人喜爱。

　　既然你有缘结识了诗，相信你从此会爱上她，并永远做她的朋友。

　　试试看，你掩卷闭目，静思片刻，那个美丽的小精灵，是不是在轻叩你的心扉？也许，有的小朋友对"什么是诗"还是感到不解，这没有关系。因为这的确是一个看似容易却又很难说清楚的问题。

　　要给诗下定义，确实是件困难的事。千百年来，许许多多学者和诗人，都曾为"什么是诗"这个问题做过这样那样的解释，但至今没有一个完美的回答。因此，今天我们走进诗的世界，跟诗做朋友，先不必急于去找寻答案，不妨先多结交一些诗，把她们当朋友。这样，你就会慢慢认识她、了解她，知道她为什么叫作诗。

　　我先请大家看两首小朋友自己写的同一题目的《新年》，有一位小朋友是这样写的——

新　年

新年好，
新年多欢笑。

新年好，
新年放鞭炮。

新年好，
新年迎来新希望。

另一首是台湾省台中师专附小蔡志明写的——

新　年

新年是一桌酒席，
嚼出了甜甜的欢笑。

新年是一串鞭炮，
甩出了重重的希望。

新年是一把万能的钥匙，
打开了一年的欢迎，
也打开一年的希望。

这两首诗同一个题目，写的是同一个内容，但是前一首仅是一首顺口溜，缺少诗意，而后一首由于作者对过新年这一富有民俗情味的节日有比较强烈的感受，借助自己丰富的想象，将新年形象地比作"一桌酒席""一串鞭炮""一把万能的钥匙"，注入了自己欢乐的情感，流露出自己对新年新希望的体悟，因此洋溢出一份浓浓的诗意。

目 录 *Contents*

诗离你很近

用心去感受生活，

去发现生活的美吧，

那么，你会觉得写诗并不难，

因为，诗从生活中来。

写诗难不难？

当你读了《跟"诗"做朋友》之后，我想你一定会喜爱诗，不仅想读诗，还想写诗。但你也许又会问：我行吗？

我可以老实告诉你：你准行！只要有心，写诗并不难。

你八成读过这首诗吧——

咏　鹅

鹅，鹅，鹅，

曲项向天歌。

白毛浮绿水，

红掌拨清波。

这是唐代诗人骆宾王七岁时所写的一首状物诗。在他的笔下，白鹅伸展出弯曲的长脖子，向着蓝天引吭高歌，只见它雪白的羽毛漂浮在碧绿的水面上，鲜红的趾掌，拨动着如同镜子般清澈的水面，任凭涟漪一圈一圈自由地荡漾开去。这是一幅多么形象生动、栩栩如生的写生画啊。七岁的孩子就能写出如此鲜活，以至千古流传的动人诗篇，真是令人叫绝！

也许你会说，骆宾王是个神童，不是一般孩子所能企及。那么，我再举个普通小学生的例子吧！

浙江省金华市环城小学有个"鲁兵诗社"，参加诗社的小朋友，个个都会写诗，而且写出来的诗也很出彩。《诗刊》曾经为他们出过三个专栏，其中的吴导同学还曾出版过一本名为《有太阳真好》的诗集。这里，不妨以何骁飞小朋友的一首诗为证——

树　叶

树叶里
有一个很大的城市
城市里

> 有一座很大的工厂
> 工厂里
> 有许多复杂的机器
> 机器
> 制造着绿色和氧气

　　小诗人也仅七岁，以他丰富的想象力，从一片小小树叶里，想象其中有个很大的城市；城市里，有座很大的工厂；工厂里，有好多复杂的机器；机器，制造着绿色和氧气。而且小作者还巧妙地运用了顶真的艺术手法，一气呵成，联想丰富，也很瑰奇。他把自己的想象跟自己的生活感受和印象联系起来，表现得很精彩。虽然受生活阅历和文学素养的制约，没有做进一步的挖掘，构造出一个令人心驰神往的意境，但小诗人在短短的八行诗里，构筑起一个崭新的意象，呈示出现代人强烈的环保意识。

　　2008 年夏天，我受邀去浙江苍南县，为那里的小小作家班的小朋友们做写诗的辅导讲座。这班一共有 23 个小朋友，都是一至三年级的小学生，其中不少还是来自农村的孩子。为了破除他们对诗的神秘感和畏难情绪，我也同样举了骆宾王七岁写《咏鹅》诗流传千古的故事和何骁飞也是七岁时写出优秀习作《树叶》的例子。目的是让大家明白写"诗"并不神秘，也并非高不可攀。每个小朋友的天赋都差不多，只要注意生活积累，对周边的事物多留心、多观察，充分发挥自己的想象力，都可以写出好诗来。全班 23 名小朋友在我的鼓励下，都大着胆子写出了各自生平的第一首诗。对这第一次写诗练习，23 名小朋友的习作，我勉强选了 2 首；第二次我就选了 4 首；第三次选了 8 首。每次都是翻一番，到第四次，就选出了 18 首，在第三次习作的基础上翻了一倍还多，这令我兴奋不已。更使我感到欣慰的是，许多小朋友从此爱上了写诗。

其中苍南县实验小学二（6）班的李宇翔小朋友在结束时写了一篇《从诗盲到诗王——蒋风爷爷教我学写诗》的文章，他说："我是个诗盲，从未写过诗，也不知道诗是什么东西，这次蒋风爷爷千里迢迢来到苍南，教我们 20 多位小朋友学写诗。他鼓励我们，人家七岁都能写好诗，还当作语文教材让大家读。我想，我为什么不能写？"在我的鼓励下，这位 8 岁的小朋友写下这样一首诗——

水

水啊，水啊，
你会变成水汽，
也会变成白云，
为什么不能变成
玩具。
让我玩个痛快？

作为一首诗来要求，当然还有很多不足之处，但毕竟是一个二年级小学生的处女作，应该多加鼓励，打破他对诗的神秘感，消除他的畏难情绪。我便在他的习作最后两句旁，加了一串红圈圈，并在评语中点出："这是一个独特的想象，祝贺你，第一首诗就是成功的。"在我的鼓励下他又大胆地写下了第二首诗——

山

你是一个威武的武士，

穿着硬邦邦的盔甲，

不怕雷劈，不怕雨打，

每一个人都对你刮目相看。

他在文章中说："蒋爷爷的指教，给了我更大的勇气。他在评语中说：'这首小诗仅用了四句诗赞美山的威武精神，宽厚有力。小作者别的不写，只写了山穿了硬邦邦的盔甲'神态即出，加上一句'不怕雷劈，不怕雨打'的赞美，更加突出它的威武，令读者不得不信服小作者对山应'刮目相看'的评价。蒋爷爷还告诉我'突出一点，不及其余，永远是写作的一个窍门。这样勾勒事物时，才可以做到言简意赅，写诗更应该如此'。在蒋风爷爷的鼓励下，我的四次作业，都被选入《作文选》，我想将来，足可以成为一个诗王！"

多么自信的口气啊！这种积极向上的精神，也大大地鼓励了我。我想，尽管这位八岁的小朋友要成为"诗王"，还有漫长的路要走，但从他充满自信的口吻中，我想教孩子写诗，给他们一双想象的翅膀的愿望已初步实现。想象力是一切创造的基础，在这些小朋友中产生一两个诗王，也并非是童话。

上述几个事例说明，写诗并不难，只怕有心人。

诗从生活中来

当小朋友动手写诗的时候，一定会碰到一个写什么的问题。其实，诗主要表现美，而美是无处不在的。诗的源泉就在小朋友的日常生活中，要看你有没有慧眼去发现它。

包括诗歌在内的文学作品，都是生活的反映。例如衣、食、住、行……都是日常生活必不可少的，只要做个有心人，就会从中得到美感，落笔成诗。请看浙江宁海实验小学四（7）班刘钰贞写的——

妈妈的爱

妈妈把爱炒在菜里，
让我们品尝它的美味。
妈妈把爱织在毛衣里，
让我们感受它的温暖……
妈妈的爱是无私的爱，
伴我们度过金色的童年。

这位小诗人就从吃在嘴里的菜和穿在身上的毛衣，感受到浓浓的爱意，写出这样一首感人的小诗。有一些小朋友就是在日常生活中善于留意、勤于观察，发现了不少成年人发现不了的诗情画意。如上海天山新村第一小学的鲁中杰小朋友写的——

蛋糕是一座城堡

蛋糕是一座城堡
奶油是城堡上的云
城堡边的小溪是一条条彩线
城堡的路灯是一根根红蜡烛
城堡的围墙是巧克力做的
生日快乐是城堡的名字
我们全家坐在一起
吃这只城堡一样的蛋糕

这是一首构思奇妙的小诗。小诗人坐在生日蛋糕面前，发挥他丰富的想象力，把白色的奶油比作城堡上的云，把蛋糕上的一条条彩线喻为城堡边的小溪，把蛋糕上浇的巧克力想象成城堡的围墙，更有趣的是把插在蛋糕上的小蜡烛当作城堡的路灯，真可谓浮想联翩，引人入胜。

生活离不开走路，走路也可以成诗。浙江淳安千岛湖镇第一小学二（3）班的徐乐就写了这样一首诗——

走　路

我走起路来，
有时快，有时慢。
快的时候，
像救火；
慢的时候，
像蜗牛。
该怎么走，
就怎么走。

这首小诗看上去是大白话，好像没有多少诗意。但要是从走路的快慢反差中，仔细体会一下最后两句"该怎么走，就怎么走"，其中蕴含着多么意味深长的哲理啊！类似的还有二（3）班徐嫣然的——

大鞋和小鞋

我穿爸爸的鞋，
踢踢拖拖，
真是太大了。
我穿妹妹的鞋，
紧紧绷绷，
真是太小了。
我穿自己的鞋，
正好正好，
不大也不小。

一个从走路快慢下笔，一个从穿鞋大小着墨，写得都很具体，殊途同归，写出了生活中的朴素哲理，令人感慨。

只要平时留心观察，善于思考，生活中遇到的一切，不论是花草鱼虫，还是日月星辰，不论是风雨云霞，还是山光水色，都可以入诗。生活中蕴藏着无尽的美，只要我们去探索，就能发现。例如宁海县实验小学三（4）班冯翊的——

还是小孩的嘴多

晚上
天上的星星一眨一眨的
好像在对我笑
我趴在窗前数星星
可怎么也数不清

我连忙跑去问妈妈

妈妈为难了

随口说了声

和你爸爸的胡子一样多

我更糊涂了

爸爸的胡子有多少

妈妈火了

还是小孩的嘴多

　　这位小诗人的灵感也从夜空的星星引发，引出了母女一场逗笑的对话，不仅把女儿的好学天真和母亲的幽默急躁传神地表现出来，而且反映了这位小诗人在日常生活中捕捉诗美的非凡能力。

　　其实，只要做个有心人，生活中处处可以发现诗，有时拍死一只蚊子，聪明的小诗人也能写出一首诗。不信？请看杭州树园新村小学五（2）班杨申钰的——

一只蚊子

小蚊子，

讨人厌。

爱叮人，

专吸血。

给它一巴掌，

变成一摊血。

短短的二十几个字，却描绘出小诗人强烈的感情色彩。蚊子可以入诗，老鼠同样可以入诗——

老　鼠

老鼠是钻孔机
老鼠是粉碎器
老鼠来我家做客
从不打招呼
老鼠喜欢
在主人出门或睡着时
借他家会餐
还把病菌当礼物
留给借他食物的人们
表达他的谢意

金华市环城小学三年级的何骁飞小朋友把对老鼠的厌恶和诅咒情绪淋漓尽致地反映在诗中。连令人诅咒的恶事都可以写出动人的诗来，那些惹人喜爱的花草虫鱼之类，自然可以写出更打动人心的好诗来。例如金师附小四（4）班方烨的——

螳螂和草

螳螂是会跳的草，
草是会摇的螳螂；

我喜欢会跳的草，
更喜欢会摇的螳螂。

这位小诗人灵活地运用了通感的修辞手法，把跳跃于草丛中的螳螂写得出神入化，且笔墨简练得如齐白石的水墨画。

至于家庭生活中浓郁的亲情，更是入诗的好题材。我读过不少小诗人写妈妈的诗。如武义县实验小学二（5）班邹林虎的——

妈　妈

妈妈是大海
我们是轮船
在大海中
我们远航
却总驶不出妈妈的港湾

多么富有诗意与浓情的比喻！读后也会勾起每一位小读者内心的感想，在自己的心海中荡漾起一朵朵思念的浪花。

从上述信手拈来的例子可以看出，诗是从生活中来的。只要做个有心人，就能发现美，就能捕捉到动人的诗情画意。

从阅读入手

俗话说："熟读唐诗三百首，不会作诗也会吟。"

开卷有益。读书是写作的基础。好书读多了，有所感触，产生了自己的思想，觉得有话要说，写文章自然就不难。写诗歌也是一样。对于古今中外的诗，要有选择地多读一点，多背诵一点，自然而然就能掌握写诗的技巧。不少小诗人平时都爱读诗，才写出好诗来。浙江金华市环城小学"鲁兵诗社"的童诗开小朋友就是一位爱读诗的孩子。他在读了郭沫若的《天上的街市》后受到启发，便试写了一首诗——

天上的大街

天上的大街
是稀奇的集市

白天打烊
晚上开门

每当华灯齐放

满街车水马龙

天街的人们啊真是猜不透
穿着闪亮的衣服只是慢慢地走

数天上的星像是数城里的人
孩子的心里惦着天上的大街

　　这首诗明显是受了《天上的街市》的影响而萌发了对夜空星星的幻想，从中获得灵感才写出来的。但小诗人没有直接模仿，而是从自己的视角落笔，才有最后两行诗意盎然的诗句。

　　不仅读诗是写诗的基础，许多小朋友也是因为爱读童话，从童话故事中汲取营养而写出好诗来的。浙江宁海实验小学的叶舒展小朋友写过一首小诗——

小　象

小象，小象，
鼻子短短；
说了谎话，
鼻子长长。

　　这里，小诗人借助童话《木偶奇遇记》中的"谁要说谎话，谁的鼻子就会长长"的内容，写出这样意味深长的诗来。
　　另一位叫葛颖莹的小朋友则是从安徒生的《海的女儿》

中获得丰富的营养，创作出了一首小诗——

我真的想变成小人鱼

我真的想变成小人鱼

住在海龙王的宫殿里

听奶奶讲人间的故事

我要跟章鱼握手

和珊瑚跳舞

与浪花亲吻

我要唱歌给鱼儿听

跳舞给鱼儿看

鱼儿像小鸟一样

在珊瑚丛中飞来飞去

我会为了一个不灭的灵魂

为了亲爱的王子

一展圆润光滑的嗓子

我的腿不疼

我很勇敢、坚强

当王子和公主举行婚礼时

我尽情地跳着

飞快地旋转着

我的腿不疼了

因为我的心更疼

我用颤抖的手

把刀子扔进大海

霞光染红了大地
染红了天空
此时
也许我已化作泡沫
也许我已有一个不灭的灵魂
我真的想变成小人鱼

　　再比如，环城小学的徐昕哲小朋友，有一次妈妈叫他去
买火柴，他的脑子里便浮现出童话《卖火柴的小女孩》中那
个小女孩的形象，写出了一首——

卖火柴的小女孩

妈妈叫我买火柴
我看见了卖火柴的小女孩

小女孩
快
快跟我来
这儿有温暖的火炉
这儿有香喷喷的烤鸭
这儿有美丽的圣诞树
这儿有慈祥的奶奶

千万别赤裸着你的双脚

千万别蜷缩着你的双手

快到这儿来

快到温暖的国度来

　　小诗人信笔写来，用时间上的移位，把 19 世纪安徒生笔下的童话形象引入我们这个温暖的国度，便出现了一首立意新颖的新诗。

　　由此可见，阅读文学作品会给小朋友带来创作的灵感。古人说"读书破万卷，下笔如有神"，说的也就是这个意思。

　　学写诗，不仅要读诗，而且要读各种体裁的文学作品，还要博览群书，举一反三。不论是文史知识，还是科学技术；不论是音乐美术，还是天文地理……只要有时间、有可能，不妨随便翻翻，当然有选择、有针对性地阅读更好。知识在于积累。书读过了，多少有点印象；精读了，印象更深。书越读越多，知识就越广博，思维就越活跃，语汇也会更丰富多彩。例如出过个人诗集《有太阳真好》的吴导小朋友，从小就喜爱读书，平时一有空就在爸爸书房中翻阅各种图书，一年级就开始写诗，他文思敏捷，词汇丰富多彩。请看他二年级时写的——

过　年

雪

是石磨磨出来的雪花

是织布机里织出来的雪人

那举着火把在天空飞旋
点燃了树根希望的
是一个很老很老的
白胡子老人

他掠过田野
飞过城市
和大家共吃年夜饭
在烟花中联袂跳舞
没有月亮的夜
星星点点
那轰响的鞭炮
是春雷的呵欠

土地震醒了

农夫开始了一年的忙碌

大海也有了打鱼人的渔歌号子

　　他笔下那些绚丽多姿的想象，来自他丰富的百科知识；他诗中那些凝练生辉的语言，来自他平日读书的积淀。

　　亲爱的小朋友们，你想写出出色的诗歌，在儿童诗坛上露一手吗？那么，我送你一句忠言：写诗从阅读起。阅读，阅读，再阅读。

提高欣赏水平

上文谈到写诗要以阅读为基础，多阅读才能才思敏捷，文如泉涌。多读书与读好书、读好的书并不矛盾。我们在读书时，既要多读书，有一定数量，又要消化领会，注重质量。尽量多读一些自己感兴趣的、对学习有帮助、对以后人生发展有益处的好书。但多阅读并非漫无边际，不加选择。这是因为人的精力有限，人的生命也有限。所以，阅读要有选择性和针对性。

俗话说："宁尝鲜桃一口，不吃烂梨一筐。"读别的书是这样，读诗也是如此。不要盲目跟风，贪多求快，一定要学会选择。

以读诗为例，我们要选择最优秀的作品来阅读，以诗人的心灵去感受诗歌的意境美，以诗人的目光去捕捉自然界的形象美，边阅读，边欣赏，慢慢提高自己的欣赏水平。

譬如，鸟语花香、万紫千红的春天是美的。成千上万的诗人都写过赞美春天的诗。以花来歌颂春天，是儿童诗中常见的题材。但大多内容平平，人云亦云，缺少新的发现、新的创意。下面，我们一道来欣赏一首台湾诗人谢武彰写的诗歌，它风格清新，别具一格——

春　天

风跑得直喘气，
向大家报告好消息：
春天来了，春天来了！

花朵站在枝头上，
看不见春天……
就踮起脚尖，急着找——
春天，在哪里？

花，不知道自己就是——
春天！

　　这首诗好在哪里？首先诗人以不同于前人的视角，用自己独特的诗人眼光，从大自然中捕捉到美，把春天写得非常美，十分可爱。诗人赋予春风以人的思想感情，它以无比喜悦的心情，要把"春天来了"的好消息告诉人们，一句"风跑得直喘气"，把春风给写活了。在这里，诗人仅用一句诗，就将春风想把春天要来到的好消息尽快告诉给大家的急迫心情，描写得酣畅淋漓。第二段写花听到春风传播的信息后的表情和动态，一个"踮"字，一句"春天在哪里"，情态俱出，栩栩如生，描绘得非常动人。这里，不仅刻画出花迎候春天的喜悦心情，也写出了她傻乎乎的稚气，点出了春风吹过之后，枝头的花朵就绽开了的满园春色。而且，这里还为末段留下了"伏笔"。"花，不知道自己就是／春天"，使全诗十分富有情趣。诗人不仅以独特的眼光发现了美，而且用非常精练的语言传达了诗的美，让每一个读者读后都会留下一个鲜明的意象。

每一位诗人都在努力用自己审美的视角去探索美、发现美、创造美，即使写一首最单纯的儿歌，也都刻意传达诗的语言美、意境美、技法美。例如女诗人郑春华的——

轻轻跳

小兔小兔，
轻轻跳。
小狗小狗，
慢慢跳。
要是踩疼小青草，
我就不再跟你好。

在孩子们的眼里，世上一切事物都具有和人类一样的思想情感，小兔、小狗是如此，连小青草也一样，要是被踩着了，也会感到疼。在这首小诗里，诗人以女性特有的细腻感情从儿童心理出发，将自己真情挚意灌注进了诗句里，并且用孩子特有的口吻传达出来，"要是踩疼小青草／我就不再跟你好"，童趣盎然。

为了提高欣赏水平，我们还应有选择地读点古典诗歌。中国是个有数千年历史的诗歌王国，被保存下来的优秀诗篇成千上万，这是一个诗的海洋。老师带领你们在其中遨游时，也应该多挑选一些适合你们阅读和背诵的作品，来帮助大家提高欣赏水平。

　　例如：宋朝邵雍写的——

烟　村

　　　　一去二三里，
　　　　烟村四五家。
　　　　亭台六七座，
　　　　八九十枝花。

　　诗人巧妙地借用十个数字，只用了寥寥二十字，就勾勒出一幅美丽的烟村景观，令人叹绝。这首看似简单、好比一首数数儿歌的五言绝句，却蕴含着十分耐读的自然机理：烟村让人怀念，景色四时不同，岁岁有别，百看不厌，给人以美的享受和启发。

　　再如，唐朝诗人白居易——

卖炭翁

　　　　卖炭翁，
　　　　伐薪烧炭南山中。
　　　　满面尘灰烟火色，
　　　　两鬓苍苍十指黑。
　　　　卖炭得钱何所营？
　　　　身上衣裳口中食。
　　　　可怜身上衣正单，

心忧炭贱愿天寒。

夜来城外一尺雪，

晓驾炭车碾冰辙。

牛困人饥日已高，

市南门外泥中歇。

翩翩两骑来是谁，

黄衣使者白衫儿。

手把文书口称敕，

回车叱牛牵向北。

一车炭，

千余斤，

宫使驱将惜不得。

半匹红纱一丈绫，

系向牛头充炭直。

　　这首诗从介绍人物开始，卖炭老翁孤苦伶仃，长年在远离西安城外的终南山中，朝起暮息，辛辛苦苦地砍柴烧炭，以卖炭为生计。他的脸和手因为长期受到烟火熏蒸，已经成了"烟火色"。这样十分艰辛的劳动，只是为了换取"身上衣裳口中食"的苟且生活。然而，即便是这种生活也不容易。因为没钱买衣服，尽管是寒冷的冬天，还是穿着单薄的夏衣；尽管身体冻得发抖，因为害怕炭卖不出去，还是祈愿天气再冷一些。这种为了能够多卖得几文炭钱，宁可忍受严寒煎熬的心理描写，十分深刻地反映了卖炭翁的生活窘境。

　　好不容易盼来寒冷的天气，夜里的一场大雪把大地捂得严严实实。卖炭翁满怀希望，半夜里就驾着装满了木炭的牛车，辗压着冰雪覆盖的道路，赶往城里去了。不知道过了几个时辰，拉车的牛累了，人也饿了，正想在南门城外泥地上歇一歇时，忽然从路旁闪出两个骑马的太监和爪牙。他们扬着手上的文书，说是皇上有吩咐，内宫要买烤火的木炭，于是便硬拉着卖炭翁把炭车赶往城北皇宫的方向。"回车叱牛牵向北"表现了宫廷爪牙的蛮横神态和强盗行径。自己辛辛苦苦烧成的千余斤木炭眼看要被官差强行拉走，卖炭翁的内心充满了愤怒和焦虑，但面对强权又无可奈何。"宫使驱将惜不得"就是这种心情的真实写照。结果，凝结着卖炭翁一冬心血的千余斤木炭，只换回了内府的"半匹红纱一丈绫"，既不能充饥，也不能御寒，难道这就是一车木炭的价值（炭值）吗？然而，卖炭翁又有什么办法呢？无奈，他把那些无用的东西往牛头上一甩，只好嘀咕着返回家，思忖着如何向在家里等着他的妻子和儿子交代。

这首诗表达了诗人对卖炭翁的艰难生活的同情和对统治者欺压人民的鞭挞。但没有发半句议论，作者的爱和憎，全通过生动的叙事和描写表现出来。"满面尘灰烟火色，两鬓苍苍十指黑"两句就描绘出卖炭翁饱经辛酸艰困的外貌。"可怜身上衣正单，心忧炭贱愿天寒"两句便刻画了老翁内心的矛盾和痛苦。最后两句用事实的叙述结束，不仅揭露了宫廷爪牙的巧取豪夺，而且留给读者无尽的深思。

类似的优秀作品，我们如果能有所选择地多读一些，对于提高我们的欣赏水平就很有帮助。

因此，我们阅读作品，一要有所选择，二要边读边欣赏，细细品味。要是我们时时带着诗人的眼光去发现诗中的美，探索诗中的诗意，一定会有意想不到的收获。

细心观察生活

前面我们已经说了，哪里有生活，哪里就有诗。换句话说，美是无处不在的，对于我们的眼睛，不是缺少美，而是缺少发现。

为什么有的小朋友仍会犯疑惑：美在哪儿啊？我怎么发现不了？有什么值得写的?

我想，首先要培养自己敏锐的观察力。

培养观察力是学习写作必需的基本功，写诗也不例外。其实不仅是写作，所有的艺术创作都需要敏锐的观察力。

小朋友，你听过达·芬奇画蛋的故事吗？达·芬奇是欧洲文艺复兴时期意大利著名的画家。小时候，他去佛罗伦萨拜委罗基俄为师学画。这位老师对学生的要求非常严格，也很细致。开始一段日子里，他在桌子上摆了一些鸡蛋，要小达·芬奇天天对着鸡蛋学写生。起初，小达·芬奇学得还很认真，渐渐地就感到厌倦了，到后来干脆随便画几个圈圈敷衍老师。老师把他叫去，严厉地批评了他。达·芬奇委屈地提出自己的想法："老是画蛋多乏味，而且也没意思。"老师语重心长地告诉他："别小看这些小小的鸡蛋，要画好它们，其实并不像你想象的那么简单。1000 个鸡蛋就有 1000 种形

第一章　诗离你很近

027

态，从来没有两个鸡蛋是完全相同的。即使是同一个鸡蛋，站在不同角度观察，它的形状也各不相同。你想把它的神态出神入化地在画上表现出来，非得下苦功不可。不仅要仔细观察，而且要注意培养自己的观察能力。我让你多画蛋，就是训练你的观察力。这是学画的基本功，有了敏锐的观察力，才能把握事物形象，并把它随心所欲地表现出来。你可千万别轻视这一基本功的锻炼啊！"小达·芬奇听了老师的谆谆教导后，从此一心一意画蛋，最后成为一位著名的画家。

训练观察力，准确地把握形象，得心应手地表现想描绘的事物。这是画家的基本功，也是从事文学创作不可或缺的基本功。许多伟大的文学家，在他们的成长过程中，都经历过同样的磨砺。例如法国著名作家莫泊桑初学写作时，他的老师福楼拜首先教他学会观察，学会从细微之处反映事物的特点。据说有一次师徒俩上街散步，迎面碰到一辆牛车，福楼拜要求莫泊桑以这牛车为题材，写七篇内容不同的散文。老师见学生面有难色，便开导他说："拉车的牛早晨和傍晚神态各异，赶牛的人喝醉了酒和没有吃饱，对牛的态度也不一样。牛饿着肚子上坡和吃饱草料走平路，也不一样……这种种不同的细节举不胜举，如细加观察，不要说七篇，就是写上一百篇也不难。"在老师的教导下，莫泊桑勤奋地训练自己的观察力，逐渐养成了遇事细加观察的习惯，后来成为一位著名的作家。

我们学习写诗也是一样，一开始便要培养自己细致地观察生活的习惯，对要表现的事物，要认真仔细地观察，努力去发现别人没有发现的细节，这样才有可能写出好作品来。

事实也证明了这一点。例如，台湾省台中师专实验小学的蔡志明小朋友，平时注意观察，培养了敏锐的眼力。他把妈妈高兴时和生气时在脖子上的细微变化看在眼里，写出了一首很好的诗——

妈妈的脖子

我乖时
妈妈的脖子
就像石柱子
又细又长
很美丽
我不乖时
妈妈的脖子
像火鸡
又长又红
最可怕

妈妈该是孩子们最亲近的人了。妈妈的形象常常会出现在孩子们的笔下。但一般小朋友写妈妈的感情变化，大多从妈妈的脸色或眼神落笔，很少有从脖子着眼的。这位小朋友由于平时观察得比较细致，别出心裁地在脖子上做文章，准确地写出妈妈高兴时和生气时的变化，笔触细腻，尤其是"我不乖时／妈妈的脖子／像火鸡／又长又红／最可怕"。观察准确，比喻也很生动。这位小朋友大概在参观动物园时看到过火鸡生气时，会把脖子伸得长长的，而且整个脖子瞬间变得又长又红。只有观察得仔细，才能如此富有情趣地用来比喻妈妈生气时脖子的变化，生动极了。就是这样一个鲜活的比喻，成就了一首耐人寻味的小诗。

我们要学习蔡志明小朋友这种细心观察的本领，注意培养自己敏锐的观察力。对于初学写诗的人来讲，最好坚持写日记或观察笔记。诗人圣野在上海市光复西路第三小学玉兰学诗班教小朋友写诗，就要求小学员用诗或诗的语言来写观察日记。由于锻炼了小朋友们的观察力，增强了感受能力，有的日记就是一首很美的诗。如二（1）班虞立平小朋友的——

生日礼物

考试完回家，
妈妈说：
"今天是你的生日。"
我说：
"真的？"
妈妈说：
"我送你一样礼物，
商店里没有，
花钱也买不到。"
我说：
"是什么？
快给我！"
妈妈说：
"你闭上眼睛。"

妈妈在我脸上亲了一下，

啊，

那是妈妈的吻！

这是一篇诗样的日记，写下了一天最富诗意的一件事，一口气读下来，情景交融，把母子之间的亲情写活了。

那么，如何写好观察日记呢？在这里，我给大家谈几点心得体会：

一、状物要清楚、具体，有心理活动更好

例如上海光复西路三小五（5）班徐静的——

第一次煮牛奶

为了向妈妈证明，我也能干家务活儿，我思量着自己动手煮一回牛奶。

今天机会终于来了，趁妈妈买早点还没回来，我拿起剪刀剪开牛奶袋，把牛奶倒进锅里，把锅放在煤气灶上就点煤气。咦，奇怪，怎么会点不着火呢？原来是煤气总开关没有开。我又拿来了鸡蛋，敲开蛋壳，就往锅里放，嘿，连蛋壳也放进去了。我一急，伸手就去拿蛋壳，嗬，好烫！烫得我直叫。唉，这煮牛奶，原来这么难呀！

我打开水龙头，用凉水冲我的手，忽听"哗"的一响，我赶忙去看锅，奶沸出来了。我急忙关了煤气，幸亏我关得快，总算保住了一半牛奶。

今天，不知为什么，我觉得牛奶特别香，享受自己的劳动成果，这滋味儿，就是不一样。

　　徐静这篇日记写得很具体、生动，得到诗人圣野的高度评价："记得非常具体，具体到连当时的心理活动也和盘托出，堪称传神之作。"这篇作品确实是值得我们写观察日记时借鉴的。

　　二、表述要层次分明

　　写文章要求层次分明，把一件事从头到尾写清楚，但这仅是给人一个平面的印象，缺少深度，缺少立体感。除层次分明外还要求有立体感，让人好像看立体电影一样，最好能描绘出场面、景物的远近深浅，使读者有身临其境的感觉。写诗最好也能如此。

　　例如上海市杭州路一小五（1）班时懿小朋友写的——

奶奶，你醒醒

　　　　窗外的风轻轻轻轻

　　　　屋内的灯忽暗忽明

　　　　奶奶静静地躺着好像睡着了

　　　　睡得那么安详那么宁静

　　　　记得那是个很热很热的夏天

　　　　奶奶总是扇着扇子伴我入睡

　　　　我凉凉快快地睡着了

　　　　汗水却湿透了奶奶的衣襟

　　　　有一个很冷很冷的雪天

　　　　我不小心撞破了额角

　　　　奶奶步履艰难地背着我上了医院

她自己顾不上擦汗
却用手帕把我的血迹擦净

有一回我碰翻了奶奶心爱的鱼缸
奶奶问我有没有摔疼

奶奶你已经睡了好久好久
奶奶你快醒醒醒醒

（指导老师：水永根）

这位小作者以感人至深的回忆来叙写奶奶的爱，不仅层次清楚，而且笔触简洁，描绘了几个感人的细节和场景。每个细节场景，都有立体感，让读者好像看电影似的。小作者因奶奶走了而引发的伤痛，跃然纸上，激起读者的同情和共鸣。

三、把握形象要准确、到位

观察是一种有一定目的有组织的主动的知觉。我们为了写诗而培养自己的观察力，就是要准确把握形象。因为只有准确地把握形象，才能表现美。

例如浙江宁海县实验小学四年级叶冰冰的——

一把大火

冬天里
莫名一把火
把外婆的家烧个精光

我们

好痛苦

焦土上

外婆的泪眼

外公的愁眉

我们

好难过

（辅导老师：雪野）

一场大火把外婆家烧个精光，给这家人带来的痛苦是写不尽的，但小作者却只抓住两个很典型的镜头：外婆不住地流泪，外公不停地皱眉，用两个特写镜头，刻画了主人公内心的极度痛苦。这是小作者非同一般的独到一笔，用典型镜头突出人物形象，笔墨简省地勾画了形象。这对我们锻炼观察力是很有启发的。

四、观察要由表及里，透过现象看本质

不仅要看到事物外在的东西，还应揭示事物的内在联系，同时显现出作者自己心灵的画面。例如上海市杭州路一小刘悦之的——

点 灯

夜来了，

窗外的雨淅淅沥沥地下着，

弯弯的月儿不知去了哪儿，

星星大概也点着灯，
去给冰心奶奶送行。
我们用我们的心，
点亮了奶奶留下的一盏盏小橘灯。
去照亮前面的路程。

　　小作者既观察了窗外的雨景，又通过联想写出了缅怀冰心奶奶的悼念之情，这也值得我们去体会、学习。

　　总之，从锻炼视觉着手培养观察能力是学习写诗的基本功。当然，仅仅用眼睛去看也是不够的，还要调动全身所有的感官去捕捉美，发现美，才能写出好诗来。

第二章

用儿童的眼光看世界

孩子的心灵最纯真，

孩子的世界最纯洁，

如果用孩子的眼光来看，

我们将会看到一个全新的世界。

用眼睛去发现美

　　我们生活的大千世界，到处都有美，有的人发现了，有的人却视而不见。如果你能用画家的眼睛去观察，用诗人的心灵去感受，你就会发现处处都有美。正如罗斯金所说的："人类灵魂在这个世界上所能做的最伟大的事，就是能看事物……看得清楚就是诗。"

　　学习写诗，就要努力训练自己的视觉，能在屡见不鲜、习以为常的事物中，分辨出哪些是重要的或新奇的影像。例如，在农村生活惯了的小朋友，对田野、山坡、瀑布、小河、小树及山洞，都会觉得十分平常，甚至忽略，对幽静的月夜、清晨的朝霞，可能不屑一顾，发现不了它的美丽。然而，金华环城小学的小诗人吴导在他二年级时，就写过一首——

乡　村

我回到了清晰的田野里
小树引着我走到奶奶家
大坝牵着山坡

瀑布追我到山前

到了幽静的夜晚

小河请月亮吃饭

山洞演出神奇的电视剧

早晨旭日东升就是叫床的闹钟

它跟小鸟在云里捉迷藏

为大地掀被子

给世界画上彩色

太阳把朝霞扔到面前

引领走向我的一九九八

  由于小诗人用画家的眼睛去看世界，他的视线中的乡村，竟是如此绚丽多彩。

  当我们努力训练自己的视觉时，我们的眼睛就能穿透山野，攀登高山，越过时空，远到外太空，收集到大量的信息，看到多姿多彩的世界，甚至能发现一些抽象的事物发展变化的规律。例如，宁海竹口小学四（1）班胡丽君写的——

风的颜色

春天的风，
是绿色的：
吹绿了田野，吹绿了山坡。

夏天的风，
是红色的：
吹红了杨梅，吹红了荷花。

秋天的风。
是金色的：
吹熟了庄稼，吹熟了果实。

冬天的风，
是白色的：
吹白了屋顶，吹白了江河。

风本来是人眼看不见的事物，可小作者有一双发现美的慧眼，不仅看见了风，而且还辨别出四季的风有着不同的颜色。

在我们生活中，许多事物看似永远不变，但要是我们联系每一件事物，灌注进人的思想和情感，就会使事物变得五彩缤纷。比方说，我们常会仰望星空，看天上的日月星辰，就可以发现它的美。例如上海浦东上南三小五（2）班周小菁的——

星　空

太阳像一位繁忙的老爷爷
整天早出晚归
月亮像一位慈祥的老婆婆
伴我进入梦乡
星星像一位顽皮的小弟弟
和我玩捉迷藏
天空你呢
噢原来是它们演出的戏台

多美的想象！小作者通过他的视觉，写出了太阳、月亮、星星各自的特色，让人神往；更值得一提的，是小诗人借助他的视觉，把星空想象成一个广大无比的戏台，就更是增添了值得回味的诗意。

生活中的美和诗意，很多来自多彩的世界，只要我们带着一双画家的眼睛去观察，就一定能捕捉到表现不完的包含诗意的事物。请看淳安千岛湖镇一小六（2）班姜斐的——

可爱的绿

可爱的绿，美丽的绿

在哪里？
在春姑娘的怀抱中，
在清澈明净的湖水中，
在我们那双充满智慧的眸子中。
到处都有绿，
到处都有神奇的绿。
绿，
你奉献着自己，装点着地球，
我们感谢你——可爱的绿！

　　这位小作者那双充满智慧的眼睛，当一瞥投向自然，发现了"绿"，就在一个"绿"字上做文章，写出使人动情的美感，让每位读者眼里的"绿"亮堂到心坎。

　　小朋友们，请再欣赏一下作家程逸汝伯伯的诗——

心里的世界

看到一棵小草，
我想到了草原；
看到一朵鲜花，
我想到了果园。

看到一朵浪花，
我想到了大海；
看到一缕阳光，
我想到了蓝天。

看到眼前这小小的世界，
我想得很远很远。
我要去拥抱草原、大海、果园，
还有那晴朗的蓝天！

　　我相信，你读了这首《心里的世界》，你就可以慢慢地琢磨如何用你的眼睛捕捉世界上的美，然后发挥你的想象，就会发现诗就在眼前。

　　当我们拿起笔来寻找美的时候，我们首先要发挥自己的视觉功能，正如姜斐的同学五（3）班的毕永超所写的——

眼　睛

眼睛是我们的无价宝，
没有眼睛，
就会失去一切欢乐；
没有眼睛，
就看不到美丽的世界。

啊，
真得感谢"老天爷"，
送给我们一份珍贵的礼物
——眼睛。

用耳朵去聆听美

有人说人生最早的美感来自声音。因为一个人来到这世界不久，就会在母亲怀抱中听到妈妈悦耳的催眠曲，或是躺在摇篮中为妈妈的摇篮曲而陶醉，进入梦乡。

凡是听到的旋律都是甜美的、悦耳的声音，能从小培养我们的美感。声音使得我们生活中感官的世界丰富多彩，我们也可依赖声音传递、交流、表达我们思想感情，使得这个世界充满爱，处处是美。

在地球上，几乎任何事物都可发出声音，即使很细微的声音，也蕴含着不尽的诗意。

我们要训练自己的耳朵去捕捉美，只要你竖起耳朵谛听，你就能捕捉到诗意。这是一位三年级小朋友写的——

鞭 炮

鞭炮，鞭炮，

你是谁？

——轰！

——轰！

鞭炮，鞭炮，

你喜欢什么？

——乒！

——兵！

鞭炮，鞭炮，

你在想什么？

——腾！

——空！

　　这位小诗人借语言的听觉效果，捕捉到美感，通过模拟鞭炮炸裂的音响，生动有趣地传递了诗情画意，既激发了快乐的情绪，也增添了欢庆的气氛。

　　这种音响的模拟，也不必贯穿全诗，有时只要在诗中适当的部位出现，就能产生听觉美感，如儿童诗诗人李少白的——

小花狗

小花狗。
啃骨头，
咔嘣！咔嘣！
口水流。

诗人从最能引起读者注意的细节特点落笔，短短四句，形象凸显，"咔嘣！咔嘣！"啃骨头的声响模拟，带出"口水流"，形象鲜明，情趣盎然。而"咔嘣！咔嘣！"两声，也增强了全诗的节奏感，且全诗大体上押韵，念起来朗朗上口，增添了音乐美。

在充满声音的世界中，要善于在千差万别的音响中找出它们的相似处，构建一种诗的味道。杭州市安吉路小学二年级赵晨小朋友就是通过自己的听觉，捕捉诗这个小精灵，写下了——

雷和爸爸

雷公公生气了，
声音轰隆，轰隆，
雨哗啦，哗啦。

爸爸生气了，

声音轰隆，轰隆，

我哗啦，哗啦。

　　小诗人用音响描绘两个场景，上下两片，写得很对称，既绘声又绘形，还带一点幽默味。有人说，声音是情绪的帘幔，从这首小诗的声音中，也从帘幔之后，听得到一点儿小诗人抗议的心声。

　　同样，我们再来看另一位小朋友写的——

小拖鞋

小拖鞋

穿在脚上

真好看

Ti ta—Ti ta

真好听

　　一个真好看，一个真好听，有声有色，已经活灵活现地写出了小作者对小拖鞋的喜爱之情。但因为有"Ti ta—Ti ta"的音响，"真好听"就远比"真好看"写得具体，反映的情绪也就显得更真实。

　　在用耳朵捕捉美时，声音给我们带来美感，使我们爱听押韵的字，我们爱听它们的声音互相交叠，我们也让字音摹声，在听觉上造成双关语，如前例中的"轰隆，轰隆""哗啦，哗啦""Ti ta—Ti ta"这种摹声，不仅可以造成听觉上的美感，而且还能为读者唤起许多美丽的遐想。例如，苍南县实验小学二（4）班黄祖品的——

喇叭花

喇叭花，真有趣！
迎风吹起小喇叭。
嘀嘀嗒！嘀嘀嗒！

喇叭花，真厉害！
像个行军"红小鬼"，
嘀嘀嗒！嘀嘀嗒！

从喇叭花联想到小喇叭，又从小喇叭联想到"红小鬼"行进中的军号声，从而营造了一个壮美的景象，颇富诗意。两句摹声"嘀嘀嗒！嘀嘀嗒！"用得有声有色。第一个"嘀嘀嗒！嘀嘀嗒！"描画出喇叭花像小喇叭那样吹奏出美妙的乐曲。第二个"嘀嘀嗒！嘀嘀嗒！"仿佛让人看到"红小鬼"行军时那种威武的气概。这两句摹声大大增添了诗的音乐感。

有时诗用音响的模拟开头，可以使小读者注意力集中到情感的焦点，大大强化了艺术感染力，如张国南的——

春天是这样来的

叮咚叮咚！
小溪流试了试清脆的嗓子，

啊，春天是唱着歌来的！

忽啦忽啦！
柳枝弯弯柔软的腰，
啊，春天是跳着舞来的！

哗剥哗剥！
春笋在泥地里快活地拔节，
啊，春天是放着鞭炮来的！

在诗中，音响的效果替代了小溪、柳枝、春笋，用音响突出形象，用音响引起美感，使天真的小读者从中获得形象的感受和无穷的乐趣，让孩子随着诗人的笔触进入一个充满生机、春色盎然的天地。全诗洋溢着一种节奏自然、韵律优美的乐感。

诗和歌天生是一对孪生子。写诗如注意每一个字的听觉上的乐感，一定会把诗写得更美。

斯多葛学派哲学家艾皮科蒂塔在 2000 多年前说过一句话："神给人两只耳朵，但却只给一张嘴，让他听的事物是说的两倍。"这句话很值得我们细细品味，当我们拿起笔来时，应该用耳朵去捕捉美，伸长你的耳朵，倾听多彩的人生。

用鼻子去捕捉美

　　眼睛可以捕捉美，耳朵能捕捉美，鼻子当然也可以用来捕捉美。如若不信，请看潘嘉乾的——

春　天

　　　　我闭上眼睛
　　　　春天来到鼻尖前

　　　　我闻到了田野油菜花的浓香
　　　　蚕豆花的芳香
　　　　我闻到了山冈上
　　　　兰花的幽香
　　　　杏花的醉香

　　　　我闻到了山坡上春茶嫩芽的乳香
　　　　春耕季节泥土的醇香
　　　　我闻到了林海中松花
　　　　飘飘扬扬的清香

春天是一个令人心醉的季节，色彩斑斓、鸟语花香，充满活力，到处都可找到美的感觉。诗人就用鼻尖去捕捉美，在他感觉中的春天是遍地生香，唤起了作者对色彩缤纷的春天的甜蜜的美好回忆。

人类拥有一个通灵的鼻子，这个鼻子使得人人都能借助自己的嗅觉去捕捉美感。诗人的感觉比一般人更敏锐，当然也往往反映在他的嗅觉上，上面这首《春天》就是一个例证。

其实，嗅觉与人体其他许多感觉功能一样，是与生俱来的，诗人有，一般人也有，有的小朋友也很敏锐。

例如杭州市安吉路小学二年级江南用他的嗅觉，捕捉瞬间的感觉写下的——

春天的气味

春来了，春来了，
我在草地上打滚，
鼻尖碰到了小野花。
闻一闻，闻一闻，
闻到了春天的气味。

小诗人在草地上打滚玩着的时候，鼻尖碰了小野花，凭着自己敏锐的嗅觉闻出春天的气息来了，就这一瞬间的感觉，便觅出一首小诗来了。它与上例《春天》有异曲同工之妙。

花的芳香，只要是健康的鼻子，都能嗅到。由花香而嗅出春天的气息，也是很平常的事。但是有谁闻到过太阳的味道？这种不平凡的味道，却被一位七岁半的小诗人闻到了，

请看——

晒过的被窝

中国台湾　李舜容（七岁半）

刚在太阳地里
晒过的被窝，
暖烘烘的，
妈妈说：
用鼻子闻闻，
就能闻到
太阳的味道。

嗅觉有时真像个无所不能的魔法师，有时又能穿越时空。苹果的芳香能唤起人们在北方果园里度过的童年时光，橘子飘香往往会让人想起南方秋天收获果实的欢乐。我们如能培养自己灵敏的嗅觉，发挥自己丰富的想象力，就会发现无尽的美，写出一篇又一篇动人的诗来。

如果展开我们的想象，有时还可把我们的嗅觉加以延伸或移植，转移到其他事物身上。例如台湾省屏东师专附小四年级林久雄的——

我是一只小小的蚂蚁

记得小时候，
我糊里糊涂地走进垃圾堆，
闻到香喷喷的味道，
我正要去搬的时候，
突然，来了一只大苍蝇，
把我带走。
我咬它一口，
它掉下来死了，
我高兴地拖它回来，告诉蚁王：
我打死了苍蝇。

你猜，我是谁？
我是一只小小的蚂蚁。

这位小诗人就是通过想象，把自己嗅觉感受的气味移植到蚂蚁身上，让自己摇身一变，成为一只小小的蚂蚁，写出了一首颇富童话趣味的小诗。这首童话体的小诗，感觉最早萌发于嗅觉，虽然着墨于令人作呕的垃圾堆，却是从香喷喷的味道引起的。小诗人在后半段，笔锋一转，写了突然出现一只大苍蝇。小蚂蚁咬了它一口，大苍蝇摔下来死了，小蚂蚁高高兴兴地把它当作战利品拖回蚁穴，向蚁王报捷，这一戏剧性的情节，大大提升了这首小诗的可读性，这就是小诗人发现的美。

通过想象，可以把嗅觉获得的感受，移植到其他事物身上，例如把人的通灵的嗅觉移植到苍蝇身上，臭味也就成了香味，当它被发霉的臭味吸引时，它就把垃圾堆当成天堂了，请看台湾省爱国小五年级陈明彰的——

垃圾堆是天堂

一只苍蝇，
他想找天堂。
东飞飞，
西飞飞，
他被发霉的臭味吸引了，
往下一看，
有香蕉皮、烂水果……
他大喊：我找到天堂了！

我相信，每个小读者读完这首小诗，禁不住会哑然失笑，这真可以说是"化腐朽为神奇"的意外效果。

这种气味的置换，当然是通过作者的想象，根据物性加以推测的结果。有时也会有感情因素的作用。例如，台湾省桃源县东门国小五年级黄嘉平的——

爸爸的汗

爸爸从工厂回来
满身油污和臭汗
如果爸爸不流汗
我们就会吃不饱穿不暖
这样一想
爸爸的汗忽然就变成香的了。

汗味是臭的，但因亲情的作用，臭汗也会变成香的。这是每个人都可以体会到的。

上述数例，告诉我们培养敏锐的嗅觉的重要性，千万别遗忘了造物者赋予我们身上的这个通灵的鼻子。

用双手去触摸美

　　人类的皮肤构成了人体最大的器官，因为它覆盖了人的全身：它是活生生的，会呼吸、会排泄，能保护人体免受有害光线和微生物的侵袭；它还能进行维生素 D 的新陈代谢；它在必要时能调节血液流动；它与它的变形部分如毛发、指甲等构建了人体的触觉。

　　人的触觉是非常敏锐的。学习写诗，就要努力调动自己的触觉去捕捉美。

　　台湾省高雄市成功国小三年级柯贞宇写了一首——

雨

　　　　小水滴在我的头上打鼓，

　　　　哎呀——好痛；

　　　　小水滴又在我的手上溜滑梯，

　　　　哎呀——好痒；

　　　　小水滴也在我的身上翻滚，

　　　　哎呀——好冷；

　　　　小水滴在我的书包上跳舞，

害得我弯腰驼背。

小水滴，我好讨厌你啊！

如果被雷公公知道了，

雷公公不会饶你的。

　　显然，小作者是凭自己的触觉，感受到小雨滴在头上、手上、身上的触动而产生感触，捕捉到一种美感，然后发挥自己的想象，把小雨滴和雷都加以拟人化处理，才写了这首富有童趣的小诗。

　　孩子的触觉是非常敏感的，许多小朋友写雨大多从触觉中发现美。例如宁海竹口小学五年级郑春娅的——

雨

我在路上走着
雨点儿
亲亲我的脸儿
摸摸我的衣服
说
真好看

　　小诗人路上遇雨，感觉好极了。雨点儿像个多情的孩子，亲亲她的脸蛋，摸摸她的衣服，这种感觉是小诗人从自己的触觉中产生的特有感觉。用这种美好的感觉去感受世界，世界也就变得像诗一样美。

　　小朋友可以通过触觉捕捉雨的美感，当然也可以通过触觉捕捉对其他事物的美感，比方"风"。请看台湾省高雄市林园国小三年级李美月的——

风

风最喜欢逗人了
每当洗澡时
就偷溜进来
说是帮我挠痒痒
害得我直发抖

　　小作者就通过敏感的皮肤，将风描绘成一个爱开玩笑的调皮小孩，喜欢在别人洗澡时偷偷地溜进来，一个"溜"字就把"风"写活了，"说是帮我挠痒痒"，情趣就出来了。

二年级的高之梅小朋友的——

微风和小草

中午的微风，
吹在小草身上，
小草觉得很暖和；

晚上的微风，
吹在小草的身上，
小草觉得很冷。

小草想把风推开，
可怎么推也推不开。
小草只好忍受一夜，
多可怜啊！

小作者把自己的感觉移情到小草身上，写小草对风的感觉，其实是作者自己的感受，寄托了作者对小草的同情。

触摸逗弄是孩子们喜欢相互嬉戏的动作，诗人常常抓住儿童这一心理特点，写出有趣的童诗。例如：台湾诗人林已玄的——

露　珠

小露珠怕呵痒，
风儿呵他一下，
就痒得缩成一团，
从草床流了下来。

短短四句小诗，不仅写活了小露珠，也揭示了抓住触觉的美感，就能轻易地捕捉到美，借助想象有趣地表现出来，制造一种动人的美感。

又如，台湾省诗人黄基博的——

插　秧

水田里，
农夫一脚踏破天空。
柔情的水，
急忙赶过来加以缀补。

这也是借助触觉间接地捕捉美感的一例。

孩子的触觉比较敏锐，如果懂得用触觉去捕捉美，很快就会发现，美就在自己身边。如：台湾省台中国小六年级许雅萍的——

早　晨

阳光伸出温暖的双手，
轻轻地拍醒了我。
风儿也张开双臂拥抱我。
云儿忙着擦亮天空的地板，
让太阳公公的金马车驶过。

早起的鸟儿，
歌颂美妙的晨光。
只有那懒惰的人，
才像睡虫一样，
忽视这美丽的早晨。

　　这首小诗写的是一个普通的早晨，小作者以自己敏锐的触觉，感受到阳光的"温暖的双手"轻轻地拍醒了大地，风儿伸开双臂拥抱她，"云儿忙着擦亮天空的地板"，虽不是直接的，但也可以说是想象的触觉。凭这种想象的触觉，也可以写出很美的小诗来。请看宁波公德小学五年级於丽艳的——

三月，
风轻轻的，
给柳树梳头，
给河水抓痒。

宁波公德小学六年级於玲蔚的——

> 伸出柔软的纤手
> 轻轻 轻轻
> 把天幕上顽皮的星斗
> 把露水湿透的梦
> 装进太阳的背筐
> 偷偷带走

宁波公德小学四年级李思平的——

> 春风亲了一下桃花的嘴，
> 桃花羞得红红的。
> 春风沾了一下小河的脸，
> 小河露出了笑纹。
> 春风拉了一下小朋友的手，
> 小朋友抓住了快乐的春天。

台湾省台南显官国小二年级林绣玲的——

> 花妹妹真漂亮
> 蝴蝶妹妹来了
> 总要吻她一下
> 蜜蜂弟弟飞过去
> 又要等一下
> 害得花妹妹

脸上更红

这些小朋友都是从触觉感受到了美，捕捉到了美，写成了诗。

在触觉中亲吻是最亲密的爱抚，会给人带来最柔美的感受，请看宁波公德小学三年级的竺婷玲小朋友从亲吻中感受到春姑娘的来临的诗——

带着雨丝，

轻轻地吹来，

吹到我的脸上。

那是春姑娘，

给我的香吻。

多美的想象！而这美丽的想象就是由小诗人的触觉引起，并从中发现美的。这种美感如果是小诗人亲身真真切切的感受，就能更轻易地发现并表现出来。请看上海光复西路三小二（2）班冯俐的《一个吻》：

妈妈给我

一个吻

我觉得

春天就在我脸上

读到这里，相信小朋友一定会懂得敏感的触觉是我们发现美的一位好帮手。

用味觉去品尝美

　　人生的酸甜苦辣，最初都是味觉的感受，根据科学研究，一个人分布在舌头、上颚、咽、扁桃腺上的味觉、触点——味觉神经末梢，有近万个。而在每一个味觉触点中，又约有五十个味觉细胞——味蕾，它们忙碌地工作着，把信息通过神经元反馈到神经中枢，从而让人品尝到种种不同的味道，产生各种各样的快感，得到美的享受。

　　味觉细胞——味蕾会新陈代谢，在人的口中不断更新。但到中年以后，随着年岁增长，更新能力会逐渐减弱，所以，儿童的味觉最敏锐。这对我们小朋友学习写诗是一个有利的条件，可以通过味觉去发现美，捕捉美。

　　大多数孩子喜欢甜食，对甜味特别敏感，也最容易引起对甜味的联想，例如台湾省台中县乌日国小五年级肖淑如的——

甜的联想

西瓜是甜的

糖也是甜的

妈妈的微笑是甜的

快乐的人心中也是甜的

"西瓜是甜的，糖也是甜的"这是每个人的健康的味觉，都是能感受到的，但经小诗人一联想，"妈妈的微笑是甜的"，诗意就呈现出来了，因为这"甜"伴随着妈妈的爱和情感，由这爱和情感，又会使人感到温暖和幸福。试想要是没有爱和情感，妈妈的脸上会出现微笑吗？不是生活在温暖和幸福生活中，妈妈的微笑能有甜的感觉吗？

要是你再展开一下想象的翅膀，岂止妈妈的微笑是甜的，弟弟的脸蛋、妹妹的耳语，爸爸的关心，不也一样很"甜"吗？请看台湾省屏东仙吉国小五年级蔡冠祥的——

甜的联想

小弟弟的脸蛋儿，真甜！

小妹妹的耳语，真甜！

妈妈的微笑，真甜！

爸爸的关心，真甜！

幸福的家庭甜蜜蜜！

这位小朋友从甜的味觉展开联想，发现了一个甜蜜蜜的家庭。

当我们沉浸在"甜"的世界里时，要是我问小朋友："你最爱吃什么甜食？"大家一定会异口同声地回答："巧克力！"在孩子们当中，巧克力确实是一种带魔力的食物，不少孩子为它深深着迷。这种迷恋就会在他的心底自然而然地涌向心头，化为美丽的诗句。请欣赏台湾省花莲富北国中三年级叶祥安的——

巧克力

哦！巧克力
你是我一生中最喜欢的
你使我的口水流出来
你把我的心愿吞下去
希望你到我的嘴里
让我甜心甜嘴

我想这位小作者就是从他的味觉中感受到巧克力的香甜，才会着迷得一见到巧克力就会口水流出来。但要仅仅是写上半首，还不能说真正捕捉到美。难得的是后半首，小诗人主客倒置，要求巧克力"把我的心愿吞下去"，带出"让我甜心甜嘴"一句，就让读者回味隽永。

有人说巧克力是一种最富情绪的食物。孩子的味觉一接触，就会产生一种特殊的美感。台湾省新街国小三年级曾至豪，就把"妈妈的嘴像巧克力"写进了诗，有一种"甜甜的"美感。他是这样写的——

妈妈的嘴像巧克力
甜甜的
叫我去做工

甜得我说不出

　　　"不！"

　　多么巧妙的一个连接啊！这位小作者从巧克力的甜味联想到妈妈的"甜"嘴；由甜的美感联想到妈妈要他做家务劳动时，"甜"得使他说不出一个"不"字，机智的比喻使得这首小诗诗意盎然。

　　"甜"是味觉当中最高快感的感觉，但不是唯一的。"甜味"可以写出富有美感的诗意来，其他味觉也可以发现美感。例如台湾省台中北屯国小五年级徐丽华小朋友的——

柠　檬

　　　椭圆形的脸

　　　看他外表好高兴

　　　但他满肚酸味

　　　是不是有满怀委屈

　　　不敢说出来

　　这里的"满肚酸味"，作者不也把它写出浓郁的诗意来了吗？小作者也是从味觉出发，探索诗意的美，最后两句表现出小作者的关切之情，所以盎然的诗意就出来了。

　　人世间的咸甜苦辣，都是可以通过我们的味觉慢慢咀嚼出来的。请看宁海实验小学四（3）班李莎的——

泪

泪的滋味变化无常，

使人捉摸不透。

懊悔的泪，

是咸的；

高兴的泪，

是甜的；

伤心的泪，

是苦的；

激动的泪，

是美的。

只因为有了这各种各样的泪，

生活才会变得有滋有味。

这首小诗，也是通过味觉，通过写泪，创造出层出不穷的意象，赞美了丰富多彩的生活。难得的是一位十一岁的孩子，竟能在品尝出生活是如此有滋有味之后，给人一种激励的力量。我惊叹小诗人竟能将主观的心意和客观的物象在语言文字中融汇与呈现，达到了令人拍手叫好的地步。

有时味觉还可以扩展出去探寻生活中的种种美感。例如味觉是与"吃"有关的，所以也可以延伸到"吃"。例如台湾省海宝国小六（甲）班崔德凤的——

篮球架

有两个贪嘴的小孩，

每天弯着腰，

张开口，

站在球场的两旁，

要小朋友请他吃大圆蛋。

　　这位小作者从味觉出发，把篮球架想象成两个"贪嘴的小孩"，等着小朋友"请他吃大圆蛋"，把篮球比作"大圆蛋"，也是从味觉出发的感受，读到这里不禁令人哑然失笑。

　　请小朋友不妨也试一试，用你的味觉去探寻美的感受。

第三章

让你的想法不一样

想大家想不到的，

想大家不敢想的，

你就会在诗的王国里，

游刃有余。

诗，贵在创新

我想，小朋友们都读过小学语文课本里李白的一首诗——

静夜思

床前明月光，
疑是地上霜。
举头望明月，
低头思故乡。

你知道这首诗有多大"岁数"了吗？告诉你吧，至今已有1300多年了。千百年来，它以其强大的艺术生命力活在千千万万读者心里。这首小诗既没有奇特的想象，也没有华丽的辞藻，为什么它会有如此强大的生命力？诗评家认为它以朴素自然的口语，抒写出远走他乡的游子思念故乡亲人的深情。用词虽然十分浅白，意味却非常深长。这是前人同类诗篇所不及的。尽管在李白之前，也有诗人用霜色来形容月色，但都是作为摹形拟象的修辞手法使用的，而李白却是用在特定环境下的一种错觉来叙述自己的独特感受，这就是创新。

古往今来，世界上诗人创作的诗篇，真是像天上的星星那样多，简直无法统计，可是有的诗作昙花一现，很快便消失了，有的诗篇经历了千百年仍然闪烁出新的光芒。为什么有的有生命力，有的没有生命力？因素当然很多。但有一条是基本的，那就是创新。

模仿、走老路，都是注定要灭亡的。因此我希望小朋友学写诗，要发挥自己的创造性思维，敢于创新。

如何才能创新？

不久前我读了不少以星星为题材的小诗人的诗作，我想举一些例子来说明。

万里无云的夜空，一闪一闪的星星，常常会引起古今诗人墨客的遐想，在我们文学宝库中留下不少熠熠生辉的佳句名篇。小诗人也一样，从中得到灵感，写出充满童趣和诗韵的诗来。凡是写得好的，都是充分发挥自己主观能动性，对客观事物用前所未有的视角去捕捉，如宁海西店镇小学五年级郑巧里的——

星　星

云妈妈

你那蓝色的裙子

已够美了

干吗

还要缀上那么亮晶晶的

小花

　　这里小诗人用前人从未有的奇妙的想象，发现了美，写出一首美的小诗，令诗人圣野也十分惊叹："把蓝天写得那么美，把星空写得那么美，在前人的诗海中，似乎还不曾见过。"

　　创新，来自新奇的发现，来自活跃的联想。又如杭州市安吉路小学二年级何溶的——

星　星

星星，

星星，

你是小猫的眼睛。

小猫，

小猫，

你为什么不睡觉？

　　把星星比作小猫的眼睛，是小诗人凭自己的直觉产生的新奇发现。他又灵活快速地形成一个极富童趣的联想，自然而然引出一个十分天真的疑问来。按照孩子的想法，夜晚是应该睡觉的，夜空的星星仍在一闪一闪地眨眼"为什么不睡觉"呢？

　　创新，来自小诗人敏锐的观察，来自小诗人独特的感受。再如杭州市树园新村小学二（1）班孙齐的——

星星谣

数一数，

瞧一瞧，

天上星星有多少？

这边星星多，

那边星星少，

这颗星星大，

那颗星星小。

有的星星眯眯笑，

有的星星爱睡觉。

　　这首歌谣体的小诗，全用儿童口语组成，都是大白话，无甚新奇之处；但小诗人凭自己对夜空的细致敏锐的观察，觉察到别人未曾注意的情况，看到夜空中星星有的一闪一闪好似在眯眯笑，有的睡眼蒙眬。凭自己独特的感受写出结尾两句童趣盎然的诗句，加上全诗强烈的韵律感，就使这首诗别有情趣，令读者耳目一新。

创新，来自崭新的主意，来自深刻的思考。再看宁海实验小学五年级张甜甜的——

星　星

天
你要那么多的眼睛
干吗
留两颗给你
其余的都归我
我要把它们送给
世上看不见光明的人

把星星比作老天的眼睛，这个想象并不出奇，奇就奇在这位小诗人的想法：只留两颗给天，其余的都想占有。这种占有欲不是出自私心，而是来自一颗无比善良的心。他想"把它们送给世上看不见光明的人"。小诗人这个新颖的主意，不是突发奇想，而是经过深刻思考后，能动迁移产生的一个崭新的主意。

从上面列举的例子说明，只有创新，诗才有生命力。

不做跟屁虫

当我们从锻炼观察力着手学习写诗时，要学会调动自己全身器官去捕捉美，用心摄取视觉上的景观、听觉上的声息、嗅觉上的气味、触觉上的脉搏心跳、味觉上的酸甜苦辣，你就会捕捉到诗的感觉，感觉到天地间无处不在的美，无处不在的诗意。正如宁波公德小学六年级王娜小朋友在她的诗里所描绘的——

> 太阳高高照，
> 鸟儿喳喳叫，
> 高高兴兴去沙地跑，
> 啊，感觉真好！
> 风儿轻轻吹，
> 柳条摇啊摇，
> 爬上山头望一望，
> 啊，感觉真好！
> 晚钟叮咚敲，
> 暖炉正旺烧。
> 跳进被窝睡一觉，
> 啊，感觉真好！

这种感觉是王娜自己的，不是别人的。别人可以告诉你这是什么，那是什么，但是没有一个人能告诉你怎么去感觉。因为你的感受就是你的感觉，别人是无法传授，也无法照搬的。在整个大千世界里，没有别的人能够像你那样感知你的感觉。这就是诗的秘密，也是学习写诗的秘诀。

小朋友，当你感受到美，想把自己找到的美写下来的时候，希望尽量走自己的路，不要踩着别人的脚印走。

按传统的作文教学法，小朋友学习作文，常常是先选读范文，然后按照范文的笔法，模仿着写一篇。一般都有一个仿写的学习阶段。不少小朋友学写诗，往往也会经历仿写这一阶段。例如，有一个小朋友写了一首《小雪花》送给我看，他是这样写的——

　　　　小雪花，小雪花，你有几个小花瓣？
　　　　让我手心接住你，让我数数看，
　　　　一、二、三、四、五、六……
　　　　咦，刚数完，小雪花不见了，
　　　　只留下一滴闪闪亮亮的小水点。

乍一看，这首小诗文字简洁，音韵流畅，也颇富诗意。但读过之后，总有点似曾相识的感觉，后来一查，发现原来是重复女诗人望安的——

雪　花

雪花，

雪花，

你有几个花瓣？

我用手心接住你，

让我数数看：

一、二、三、四、五、六。

咦，刚数完，

雪花怎么不见了？

只留下一个圆圆的小水点。

　　刚学写诗，先做仿写练习，本是无可厚非的。但仿写也不应该原文照抄。这里可以举一个仿写的例子。三年级宋丹丹写的——

孩子的时间

玩耍的时候，

时间变得很短很短；

牙疼的夜晚，

时间变得很长很长；

生日的晚会，

时间变得很短很短；

关在家里等妈妈下班，

时间变得很长很长。

孩子的时间

是一张会变的脸。

　　这里可以明显感受到，小诗人从自己生活体验出发，感到时间有时变得很短很短，有时变得很长很长，不同的场合会有不同的感受。小诗人就在自己的感受中形成一种情感推动作用，慢慢在自我体验中显现了一个个意象。小朋友的情感是最丰富多样的，情感的体验随情感的理解而升华，最后获得了诗意的闪光："孩子的时间，是一张会变的脸。"意象盎然。这首小诗最值得称道的是最后一句，真可谓是神来之笔，建构了一个独特而崭新的艺术世界。

　　另一位四年级的小朋友也写了一首——

时　　间

幸福时，

时间像快乐的梦，

怎么做也做不完。

悲伤时，
时间像一大堆作业，
怎么做也做不完。

从发表时间先后看，后者是受到前者的影响，无论从构思、谋篇、立意都属于仿写之作，但有小诗人自己的生活体验。

刚学写诗，先做仿写练习也是允许的，但是最好能跳过这个阶段，充分发挥自己的创造性思维，走自己的路。其实，不仅写诗，所有文艺活动都要有创造意识，走自己独创之路，才能称得上创作。著名国画家李可染先生在总结他的创作经验时说过："跟着前人的脚印前进，最佳的结果也只能是亚军。永远也当不了冠军。"胡佩衡拜齐白石为师学画，起始他认为拜这样的名家为师，只要自己认真临摹，一定能成为画家。他刻苦学了几年，果真学得很到家，画得跟齐白石一模一样。但是尽管如此，也不过是和齐白石差不多，不可能超越齐白石，更不能自成一家。后来齐白石送他几个字："学我者生，似我者死。"意思是学我创新精神者才有生命力，只是依样画葫芦，即使画得再相似、再逼真，也是没有生命力的。

学写诗也是同样的道理，希望小朋友一开始最好跳过仿作阶段，调动自己的创造性思维，走创新的路，走自己的路，不要做跟屁虫。

找准独特的视角

　　不久前，收到宁波公德小学寄来的三期《岩河诗报》，每一首我都仔细地读了。我被小诗人的作品深深地陶醉了。我要为他们的诗作拍手叫好。李恩平小朋友是这样描绘渴望春天的心情的——

找　诗

我对妈妈说：
我去外面找诗。
妈妈答应了。

等我回来，
妈妈问：
找来了什么诗？
我说：
找来了春天。

　　春天确实是个诗意葱茏的季节，外出找诗找到了春天，这个创意并不惊人。但读了三期诗报之后，我发现岩河文学社的小朋友们都善于找诗，各自找到了诗意葱茏的诗。因为小诗人们都有一双敏锐的找诗的眼，他们善于以自己独特的视角，从平凡的日常生活中发现美，找到蕴含着美的诗。例如五年级伍芳小朋友的——

阴　云

怎么了，你
整天绷着脸。
是不是老师批评了？

想哭就哭吧！
闷在心里会不好受。

阴云憋不住，激动得
终于哇哇大哭。

　　阴雨天本来是常见的自然现象，也曾被历史上不少伤感悲怀的诗人抒写过，但伍芳却从自己童稚的生活体验中找到了一个独特的视角。小诗人从自己作为一个小女孩受到老师批评的感受出发，找到了容易引起读者共鸣的切入点，以自己受老师批评时委屈的情绪，想哭哭不出，闷在心头的那种难受的体验，同病相怜地劝慰阴云："你想哭就哭吧！"在这种受委屈的场合，如果遇到知心人的劝慰，往往会把憋在心底的委屈突然迸发出来，大声地哭起来。经过拟人手法处理的阴云，也像孩子一样，终于哇哇大哭起来。这个比喻不仅形象、贴切，而且情真意挚，极富人情味。我想，要不是小诗人从自己童稚的生活体验中找到这样独特的视角，这首小诗也就不可能获得如此动人的效果。

从孩子的生活体验出发，小诗人往往能准确地找到自己独特的视角，如於久益小朋友的——

月亮和星星

月亮是个和蔼可亲的婆婆，
爱给星星孩子讲故事。
瞧，
星孩子听得多认真！
眨巴着明亮的眼睛。

月亮婆婆是个民间文学中千古流传的古老形象，把星星喻为孩子也不足为奇，但小诗人从自己的生活体验出发，找到了一个独特的视角，描绘成月亮婆婆给星孩子们讲故事，却给读者耳目一新的感觉。尤其是一声"瞧"，用赞赏的口吻点出"星孩子听得多认真"，使得诗味盎然，再加上一句形象的描摹"眨巴着明亮的眼睛"，更使这首小诗韵味无穷。

天真烂漫是儿童的天性，孩子的想象也是天真的。而这种天真的想象，往往会让小诗人下笔时找到独特视角，请看一年级小朋友李佳的——

太　阳

妈妈给我买来一只红气球，
一阵风吹来，
气球飞走了，
我找来找去找不到。

妈妈笑着说：
气球不是挂在天边吗？

象征光明的太阳是诗人永恒的主题，古今中外有多少诗人吟唱过，可是又有哪一位诗人把太阳比作红气球呢？这位小诗人出人意料地把太阳比作红气球，并且借妈妈的口说出来，多么富有童真的稚趣！

这种稚趣来自儿童好玩的天性。因此小诗人常常从童稚的情趣找到独特视角来写诗，例如王捷小朋友的——

月亮船

蓝天蓝，像摇篮，
摇篮里面一条船。
什么船？月亮船。
月亮请你上去玩。

这首儿歌味浓郁的小诗，小作者用"蓝天蓝"起兴，并趁韵跟上一句"像摇篮"，落笔干净圆润，毫无生硬的感觉；

但也无特别出色之处：把月亮比作一条船，更是习以为常的事。第三句自问自答，虽为小诗增添了儿歌韵味，但也无异趣。这首小诗的天真趣味在最后一句，由于它视角别致，童趣油然而生。

童稚的情趣来自儿童好玩的天性，孩子们往往在玩乐中得到美感，涉笔成趣。如六年级贺琦琼的——

吹泡泡

"咕噜"一声，
吹出了一大堆珍珠娃娃，
吹出了缤纷的色彩，
吹出了五彩的童话，

吹出了梦幻的世界。

你看，
那一个个小精灵，
骄傲地
在空中飘呀飘，
不一会儿。
便消失在苍穹中。

吹泡泡是孩子们最喜爱的游戏之一，当他们看到一个个带着梦幻色彩的泡泡飞上天的时候，小小头脑里充满着童稚的乐趣。正因为这种孩子式的情趣，才让小诗人找到了一个独特的视角，"吹出了一大堆珍珠娃娃，吹出了缤纷的色彩，吹出了五彩童话，吹出了梦幻的世界"，并把泡泡看成"一个个小精灵"。要不是这些富于童趣的想象，剩下的四句诗也就淡而无味、缺少诗意了。

小诗人一般比较善于处理直接、表面的情感，也喜欢表现天真想象的世界，写出的诗作，有时显得浅薄，深度不够。但岩河文学社的小诗人们却能从扩展自己的生活体验出发，用自己那颗纯真的童心找到独特的视角，拓宽自己的诗路。如13岁的於玲蔚的——

桥

天上的虹弯了，
像一座桥。

奶奶说：
那是仙女的青丝飘飘！

奶奶的背驼了，
像一座桥。
我说：
那是沉甸甸岁月
压弯了的腰！

　　小作者用跳跃式的诗笔，非凡的联想，写出了一首沉甸甸的诗。她以纯真的童心，表达了小诗人那颗炽热的爱心，体现了小作者对生活的理解和深一层的体会。

　　这种深层的体会来自小诗人那颗纯真的童心。而纯真的童心常常可以帮助小诗人找到自己审美的视角。如五年级的李雪霞写的一首——

老师的爱

一个很冷很冷的雨天，
老师送我回家。
一把伞遮在我的头上，
雨水打湿了她的衣裳。

啊，亲爱的老师，
您的爱，分明是遮雨的伞。

纯真的童心，使诗写出了一定的感情深度。从实写的伞到虚写的伞，转换得很自然、真切，这不仅是小诗人视角的独特之处，也是小诗人手法的高明之处。又如李世英小朋友写的——

时　　间

一个顽皮的小孩，
不知疲倦地跑着……

只有能和他并肩，
才配当他的主人。

　　我读了《岩河诗报》上小诗人们的作品，仿佛看到一群有着顽皮劲儿的小孩，在诗的道路上不知疲倦地跑着。我想，他们都会在美丽的诗国中有所收获，但只有那些找到准确的独特视角的孩子，才配当诗的主人。

发现别人没有发现的东西

写诗要创新，除了要找准一个独特的视角，还要善于从一些平常的事物中去发现别人没有发现的东西。最简单的方法，便是用不寻常的眼光去看世界上的各种事物，并从中发现能启发人性的亮点。

例如，微笑是人世间人与人相处时常见的一种现象，台湾诗人郁化清的《微笑》第一节是这样写的——

当微笑挂在脸上
脸就显得
特别漂亮
好像花朵
开在春天里

尽管诗人的想象很美，但与一般的想法相似，没有什么特别之处。这首诗之所以能站立起来，就在于诗人在第二节中所表现和显示的独特之处——

当微笑藏在心里

心里就充满了

快乐

好像春天

开满了花朵

　　诗人一下就用诗化的语言把人们的心灵给点亮了。它告诉人们，人与人相处不仅要把微笑挂在脸上，还应把微笑藏在自己心里，使自己生活在快乐之中，也使世界充满快乐，"好像春天，开满了花朵"。这就是诗人使用不平常的眼光去看"微笑"产生的艺术效果，而且这是诗人的新发现。

　　要使自己的诗做到创新，最好能透过孩子自己的眼睛看到一个神奇的世界。例如台湾省蒋镇国小五年级柯怡如小朋友的——

云

我望着轻飘的白云

发呆

白云啊

你为什么那么傲慢

始终在高高的蓝天任意遨游

为什么不肯下来

载我们到高高的蓝天

让我们在你的背上

做一百个

仰卧起坐

　　这是孩子通过自己孩子式的想象看到的那个神奇世界，以嗔怪的儿童口吻，埋怨蓝天上的白云太傲慢了，为什么不下来载孩子们飞上蓝天去玩。在孩子眼中，如果能在白云背上，在高高的蓝天上做一百个仰卧起坐该多有趣！这种透过孩子气的眼光看到的世界，很难在成人的笔下出现，因此有一种极富童趣的新意。

　　孩子们天性是好奇的，他们常常会从最平常的事物中，找出不平凡的比方。例如，东阳市巍山小学何婷小朋友的——

邀　游

太阳是我的外公，

月亮是我的外婆。

我一手牵着外公，

一手拉着外婆，

在天空中

自由翱翔。

　　太阳和月亮是我们生活中常见的天体，外公和外婆则是孩子们最亲近的亲属，这位小作者却把太阳比作外公，把月亮比作外婆，确实是不平凡的神奇的比喻，新意就突现了出来。又如义乌市绣湖小学三（5）班王振直的——

眼　睛

星星是天空的眼睛

小树是大地的眼睛

鱼儿是海洋的眼睛

那飞奔的马儿是草原的眼睛

那一汪清水是沙漠的眼睛

我们是祖国妈妈的眼睛

　　星星、小树、鱼儿、马儿、清水都是最平常的事物，但把它们分别比作天空的眼睛、大地的眼睛、海洋的眼睛、草原的眼睛、沙漠的眼睛，这是小作者找到的不平凡的比方。更为神奇的一笔，是把"我们"（儿童）比作祖国妈妈的眼睛。这令读者眼睛为之一亮。他用自己的眼睛去看别人常见的东西，却在这些司空见惯的东西上，作了不平凡的比喻，产生了一种全新的美。

　　诗往往可以使许多事物变形，变得好就能变出新意，从

惯见的平凡事物中看到引人入胜的一个侧面。例如，"乒"与
"乓"本来是两个极普通的汉字。台湾省莒光国小四年级的官
文忠小朋友把这两个汉字加以变形，写了一首——

两个怪先生

"乒"先生不喜欢把脚伸到右边，
"乓"先生不高兴把脚挪到左边，
他们走起路来，
总是乒乒乓乓，乒乒乓乓……
"乒"先生就对"乓"先生说：

我们两人合作。
于是，
就变成了勇敢的"兵"先生。

这是一个很有新意的创新，把两个汉字想象成两位怪先
生，使原来的字音义都发生了变化，形象生动有趣，给读者
不仅留下了一个很深的印象，而且回味隽永。

有时还可从一些约定俗成的说法，加以变换，做点翻案
文章，也会翻出新意来。例如，金华市青少年宫文学四（3）
班夏玮聪的——

赠狐狸先生

人家都说你狡猾，

我独认为你聪明。

你狡猾是为了生存。

狐假虎威就是最好的说明。

既然在凶猛的大老虎面前，

都能沉着冷静地应对，

还有谁比得上你聪明？

写诗要创新，也就是要从一些约定俗成的说法中，发现一些人家没有发现的东西。也就是说，写诗要创造出一些新意。创造新意，就要和这位小诗人一样，用不同于平常的眼光去看世界的各种事物，并从中发现能启迪他人的道理。

第四章

将情感注入诗中

倾听内心的声音，

使草木会思想，动物会说话，

用诗把内心的感情写下来，

那就是心灵的歌唱。

情感是诗的生命

　　言为心声，诗讲究抒情。没有情感，就没有诗的生命。因此，"发之乎情"是写诗的动力。诗不是"做"出来的，而是作者强烈情感的自然流露。

　　诗人圣野说："诗是一所感情的学校。缺乏感情的学生，在诗的学校里，永远没有毕业的希望。"

　　确实如此，情感是诗的一个不可缺少的元素。诗离不开情感，没有情感便没有诗。因此，当你拿起笔来准备写诗时，首先要问一下自己，你准备写的内容，是否已经激起你强烈的情感，自己是否曾经十分感动过？因为诗是感动的产物，只有诗人自己感动过的人和事，抒写出来才能感动别人。例如，上海市有一位四年级的小朋友，名叫徐文婕，她写了一首——

雨中情

放学，我独自走在街上，
雨水打在我脸上，
尝一尝，

涩涩的。

忽然。
我发现了送伞的妈妈。
我连忙跑过去，
雨水蹦进我口中，
甜甜的。

这首小诗之所以能感动人，就是由于小诗人被妈妈深情的爱感动了。诗中的一涩一甜，充分说明妈妈的这份深情是她真真切切体验过、感动过的，源于自己的肺腑，出自自己的胸臆，是通过小诗人的心流露出来的，朴素、自然，没有矫揉造作，真挚、明快，没有弄虚作假。真正的诗应该是心底的歌。

真挚是美的感情的原色。不真不实、不诚不挚的情感，不会让人感动。真挚是美的基础，只有真实才美，只有诚挚才可爱。金华市环城小学二年级常昊写过一首——

鸡

鸡的脖子在滴血
我的眼睛在落泪
狠心的爸爸
把我心爱的鸡给杀了

短短四行诗句，由于小诗人倾注了自己的深情，可说是

字字血、声声泪，字里行间处处蕴含着作者的爱心和善良的感情。这首小诗之所以叩动读者的心，就是由于它感情的真挚性。

诗中的情感不仅要求真挚，还要求强烈。没有强烈的情感，也就不可能让读者产生强烈的感动。宁海县实验小学有位小诗人陈芙娜，一年级时就写过一首好诗——

两只乌鸦

两只乌鸦，
蹲在树枝上，
哇哇地叫。

一个往东飞，
一个往西飞，
哇哇地叫。

他们要分别了，
心里很难受，
哇哇地叫。

　　这位小诗人从自己的生活体验出发，把一对朝夕相处的好朋友，一旦要分手时的那种强烈的情感波动寄托在两只乌鸦身上，"一个往东飞，一个往西飞"，将两只乌鸦的离情别绪，写得十分动情，读来使人感到分外凄楚。小诗人把自己强烈的情感体验，借三次重复的"哇哇地叫"抒发出来，令人不忍卒读。触景生情，小诗人从自己的体验出发，被深深地感动了，才能写得如此动人。

　　诗是感情碰撞爆发出来的火花。没有炽热的情感，也就不会有火辣辣的诗；对事物无动于衷，就不可能产生诗。情绪激动的时刻，才能爆发心灵的火花，写出来的诗才会深刻。上海市天山新村第一小学鲁中杰小朋友写过一首——

自　由

孩子总要有一点自由
如果没有自由
他们会变成石头

　　这首小诗虽只有三行，却有着石破天惊般震撼心灵的力量。小诗浓缩了小诗人代表广大孩子要求自由的强烈感情，而且到了不吐不快的程度，有一种震撼读者心灵的强大力量。这是感情的力量。

　　综上所述，我想你也会同意我的意见：情感是诗的生命。

诗是表现感情的

前面我们已经谈过，情感是诗的生命，没有感情或者缺少感情的诗，是不会有生命力的。

诗人郭小川在《谈诗》一文中说："诗是表现感情的，当然也表现思想，但感情可以说是思想的'翅膀'，没有感情，尽管有思想，也不是诗。"

因此，我们学习写诗时，首先要表现我们灵魂深处曾经深深震动过自己心灵的那种经历。下面是台湾儿童文学作家方素珍写的——

拜　访

妈妈提着篮子

牵着我

我抱着黄菊花

牵着妈妈

路途很远

天色很灰

脚步很重

外婆的家
在荒野中
好多人住
都不往来
都很孤单

常常
我陪妈妈
来看外婆
端出饭菜
摆些葡萄
再插上菊花

妈妈点了香
告诉外婆
我们来了
外婆没回答
妈妈
眼光很远
妈妈
眼中有泪
我静静地
看着
等着

香短了

外婆吃饱了

我问妈妈

菜都没动

外婆怎么饱了

妈妈擦擦眼睛

说小雯乖

外婆舍不得吃

统统留给小雯

妈妈提着篮子

牵着我

我回头看看

菊花在风里

摇摇摆摆

是外婆向我说

再见吗

　　读完这首诗，我的眼睛也润湿了，心中也淡淡的，有一种酸楚袭上心来，也就是说，我确实被感动了。这首诗写的是一次扫墓活动：妈妈带着她的孩子去扫墓，诗人是带着一种十分真挚的感情把外婆看作还活着的亲人，到墓前去看望她的。在作者心里，外婆好像还活着，墓前母女那段对话也流露出一种既凄切又温馨的感情，情真意切，催人泪下。

　　情感是诗的天性中一个最主要的因素，没有情感也就感动不了人。台湾诗人洪志明写的一首类似题材的诗，就采用了不同的方式来表现感情——

上 香

点燃三炷香，
奶奶又在跟爷爷打电话了。

面对着爷爷的相片，
奶奶轻声地问：
你吃饱了没——
我亲手烧的菜，
还合你的口味吧！
天气那么冷，
你咳嗽的老毛病好一点没？
给你烧的钱够不够——
还有没有钱可花？
一个人住在那么远的山上，
没有事要常回来。

爷爷，好像什么都听懂一样——
烟熏的脸上浮起了一片笑容。

读完这首诗，虽然感情上没有前面读的《拜访》那么酸鼻，在读到最后两句时甚至还为它那淡淡的幽默感忍俊不禁。但诗人通过情与景融合一致而抒发（和表现）的感情，仍深深地撩动了我的心。这种感人的力量来自诗人心底的感情，使它真挚地表现出来。

凄楚之情能感动人，温馨之情也能感动人，而且情与趣往往相连。有了"情"，就会有趣。如路卫的诗歌——

看医生

妈妈的牙疼，
到医院看医生，
医生说：
拔掉！

妈妈的头疼，
又要到医院看医生，
妹妹拉着妈妈说：
不要！

源于妹妹对妈妈的一片深情，年幼不懂事的她担心妈妈的头也会被医生"拔掉"，所以才会有她发出的坚决"不要"的呐喊，使得真"情"表现得如此富有情趣。

所以，当你拿起笔来学习写诗时，千万别忘了：诗是表现感情的。

要把内心的感情画出来

诗之所以美，是因为它具有一种感人的力量。

高尔基说："真正的诗永远是心灵的诗，永远是灵魂的歌。"正如前一节所说的，内心的情感永远是诗的一个主要元素。这是千真万确，不难理解的。

但是，要把自己内心的感情表达出来，使得别人也和你一样受到感动，并非易事。因为，内心情感的波动，无论喜怒哀乐，都是抽象的。要使你的感受变得能让别人也感动，就得把它具体化，好像图画一样，呈现在人们眼前。呈现得越具体越好，越形象越好。

凡是伟大的画家，几乎都能用线条、色彩和光线的明暗来把自己内心的感受具体而形象地表现出来。诗人也应该有这种本领，凭借语言文字，具体而形象地表达内心的感受。这当然不容易，但是我们既然学习写诗，就要努力掌握这一本领，只有让诗作字字句句都渗透感情，才会更加动听。许多小朋友也是这样做的。

台湾省王福国小的董修齐小朋友写过一首——

镜子的日记

镜子的日记，
写在大家脸上，
喜、怒、哀、乐，
一点一滴记下来，
多彩多姿的生活，
让镜子不再感觉孤单。

　　这首小诗，从想象力角度看是值得肯定的，因为镜子是不会写日记的。小作者通过他非凡的想象，写出人的喜怒哀乐感情的变化。这些反映在脸上的丰富的感情变化，经镜子一照，每天都忠实地记录在镜子里了。小作者还作了进一步的想象，人的一生感情，喜怒哀乐的变化层出不穷，镜子也就因人们的喜怒哀乐而变得多姿多彩，也就不孤单了。但要是从表现感情角度看，小作者没有用具体的图像来描绘感情，诗中的喜、怒、哀、乐都是抽象的，读来总感到有点美中不足。

　　抽象地叙述酸甜苦辣的感情经历，很难打动读者的心。因此当我们提起笔来写诗，写自己感情的波动，要力求具体。同样写酸甜苦辣的感情，同样也在诗中出现酸甜苦辣的字样，但要是做些具体的描绘，就会获得较好的艺术效果。例如武义县实验小学四年级郑楚吉小朋友的——

考　试

考试是只五味瓶，
酸甜苦辣，
样样俱全。

考得好，
那是香喷喷的
奶油蛋糕，
热腾腾的鸡蛋面，
香脆脆的"上好佳"。
爸爸会说：
"这小子，有种。"
这句话，
与上面的美味，一样
令人神往。

可考得不好，
重重的话语，
辣辣的耳光，
成堆的家教，
会如倾盆大雨——
从头往下。
可怕的考试
可怕的考试。

这位小朋友就在努力把自己的情感具体化，考得好，好似香喷喷的奶油蛋糕、热腾腾的鸡蛋面、香脆脆的"上好佳"，比喻具体，也很形象。再加上爸爸的一句称赞，有声有色的香味，喜悦之情溢于笔端。考不好呢，则重重的责骂声、火辣辣的耳光，还有成堆家教会像倾盆大雨，铺天盖地，从头往下。很明显，后半段就不及前半段具体、形象，感人的力量也就有所削弱。

同样写考试的，有的小诗人却具体形象地表现了自己的喜悦之情。如宁海实验小学四年级王婵婵的——

笑

老师表扬我们，
我眯着眼睛呵呵地笑。
我考了一百分，
我捧着肚子哈哈地笑。

因为我的肚子装满了笑，

我一张嘴，

笑就会从我肚子里跑出来。

（指导老师：雪野）

这位小朋友用了一个"眯着眼睛呵呵地笑"，一个"捧着肚子哈哈地笑"，表达了"我"受到老师表扬和考了一百分时的喜悦的神态。因为比较具体、形象，所以取得了传神的艺术效果。

喜悦的感情可以写得很具体，愤怒之情也一样可以形象地呈现在读者面前，例如，杭州树园新村小学五（2）班杨申钰小朋友的——

一只蚊子

小蚊子，

讨人厌。

爱叮人，

专吸血。

给它一巴掌，

变成一摊血。

小诗人从他自己的切身感受出发，对蚊子的侵扰、叮人、吸血，十分憎怒，于是化为一腔怒火，"给它一巴掌"，字字渗透了愤怒的感情。当蚊子"变成一摊血"之后，又从字句中流露出一种打死蚊子之后那种痛快的感觉，还隐藏着一种胜利者的自豪感情。

喜怒之情可以具体化，哀乐之情也一样。如金华市环城小学的常昊是这样来描画他的悲哀情感的——

泪

悲伤的眼睛，
是泪的家。
当痛苦跳进人的心里。
泪就慢慢地落下。

小作者借"泪"这一具体事物，描画眼睛的凄楚，揭示内心哀痛的感受。再来看小诗人是如何写快乐的感情的。如上海嘉定三皇桥小学的徐行写的——

快活的水晶宫

在蔚蓝的天空下，
在碧波池中，
活跃着一个，
快活的我。
一会儿，
我躺在水上，
仰望天空；
一会儿，
我像青蛙一样，
游来游去；

一会儿，

我像蝴蝶那样，

在水花中追逐。

啊！在快活的水晶宫里，

我有一个

多么快活的夏天。

人的情感是多姿多彩的，绝不是喜怒哀乐四个字所能涵盖的。它远比这些多得多，复杂得多。孩子的情感和情绪也是丰富多样的。例如，宁海实验小学三（7）班韩菁潇的——

星期天

我的日历里，

没有星期天。

我的星期天，

全给爸爸妈妈没收了。

窗外的笑声，

钻得耳朵痒痒；

路口热闹的场面，

我只能隔窗偷瞧。

在应试教育体制下，每个家庭的家长，都十分重视自家孩子的学业。每个休息日，都将孩子看得紧紧的。小诗人用了一个十分形象的词——"没收"，吐露了自己内心无奈的情感，也隐隐包含了无声的抗议之情。

孩子们在应试教育的重压下，被繁多的作业、家庭严厉的管束压得喘不过气来。他们迫切希望自由的情感表现得十分强烈。对这种情绪，有的小作者就非常巧妙地将它表现出来了。如宁海实验小学四年级叶冰冰的——

自　由

> 妈妈，
> 把我关在屋里，
> 我对妈妈说：
> "我要自由。"
>
> 妈妈手里的，
> 袋子里的橘子，
> 从洞口跑了出来。
> 啊！
> 橘子。
> 你也要自由？
>
> （指导老师：雪野）

这一联想非常奇妙，也很有情趣，把作者向往自由的情感写得很具体，可谓到了淋漓尽致的地步。

请你写一写妈妈的爱

　　普天之下，有一种感情是人人都具有的。那就是母爱。母爱是至真至纯的，母爱是至深至久的。谈到母爱，我们就会想起冰心《寄小读者》中一段充满激情的话：

　　"世界上没有两件事物，是完全相同的，如同你头上的两根丝发，也不能一般长短。然而——请小朋友们和我同声赞美！只有普天下的母亲的爱，或隐或现，或出或没，不论你用斗量，用尺量，或是用心灵的度量衡来推测；我的母亲对于我，你的母亲对于你，她或他的母亲对于她或他；她们的爱是一般长，同高深，分毫都不差减……"

　　在冰心的心目中，妈妈的爱是至高无上的，是最为神圣的爱。

　　孩子对母亲的爱的感受，也是最真切、最真诚的。我相信每一位小朋友都会有这种亲切的感受。但是要把母爱表达出来，却不是一件容易的事。尽管包括母爱在内的爱，是人类一种普遍存在的情感，可是它看不见，摸不着，如果仅用一些抽象的词语来形容，如"我感到母亲太伟大了，真的太伟大了！""母亲对我的爱是无比真诚的。""母亲太爱我了！"之类的句子表达，就显得更空洞了。我们写诗表达情感，就要发挥自己的想象，用有形的、具体的事物来加以比拟，才能达到表情达意的效果。例如，武义县实验小学二（5）班邹林虎的——

妈　妈

妈妈是大海，
我们是轮船。
在大海里，
我们远航，
航行再远。
却总驶不出妈妈的港湾。

　　这里面作者用了含义深远的比喻，写出自己对妈妈的爱，相信更能激起每一位漂泊在外的游子思念妈妈的深情。又如台湾省台北市河堤国小四（2）班谢宗宪的——

妈妈的手

妈妈的手是我的摇篮。
轻轻地摇
轻轻地摇……
在摇篮里我吮吸妈妈的乳汁长大，
在摇篮里我张着梦想的翅膀飞翔。
妈妈的手是我的摇篮。
轻轻地摇。

轻轻地摇……

永远是那么柔细

那么温暖

（指导教师：赖韵璇）

这位小作者将妈妈的手比喻为"我的摇篮"，写出自己对妈妈的爱，一片感激的深情，蕴含在字里行间。

为了表达对妈妈的爱，表示自己感谢的深情挚意，台湾省台中市仁爱国小二年级的丁永青小朋友则用十分纯真的稚气语言，借用小山羊的口吐露纯真的情感。请看他的——

小山羊

小山羊，

咩咩咩，

你吃奶的时候，

为什么要跪着？

咩咩咩，

我要感谢妈妈啊！

字字吐露出小诗人心中最率真的真情，自然、单纯、简洁，天真而不虚饰，没有半点做作。

对妈妈的爱，小朋友往往会在日常生活中不知不觉地感受到这份真切、这份温暖。例如台湾省大龙国小四年级石金城写的——

老鹰捉小鸡

每次爸爸要打我们，
就像一只凶狠的老鹰。

我们是一群小鸡，
吱吱地抖着；
妈妈就像勇敢的母鸡，
挡住老鹰的侵袭。

我们全家就像在玩，
老鹰捉小鸡的游戏。

比喻多么贴切，情感又多么真挚。信笔写来，就构成了一幅既有动感而又富情趣的画面。

东阳市南马镇中信小学二年级黄俊俏也以同样的题材写了一篇——

伟大的爱心

老鹰
张牙舞爪
猛扑过去

母鸡
扑打着翅膀

卫护着小鸡

鸡妈妈的翅膀啊
就是一颗
伟大的爱心

显然，这里是借老鹰抓小鸡的镜头，来突出母鸡为了保护小鸡而敢于牺牲自己的那颗伟大的爱心。借物拟人用来歌颂母爱，与前一例有异曲同工之妙啊。

母爱是诗歌一个永恒的主题。世界上写母爱的诗何止千千万！有一次我在金华市青少年宫新星文学社教小朋友也来写一写妈妈的爱。小作者们笔下的"妈妈的爱"，真可谓五光十色，各有千秋。请看四年级叶子的——

一片晴天

淅淅沥沥
哗哗啦啦
地上的雨水流成河

不湿头发
不沾衣裤
妈妈撑起一片晴天

小诗人把妈妈的关心爱护，仅用了一个极富新鲜感的比喻"一片晴天"概括了。多么简洁，多么鲜活！尤其是一个

"撑"字，反映出小作者对母爱独特而又深情的思考。

有的小朋友把妈妈的爱比作伞，如四年级朱念慈的——

伞

屋檐是燕子的伞，

蘑菇是蚂蚁的伞，

伞能带来安宁和温暖。

爱是世人共有的伞，

妈妈的心是我的伞，

伞能带来温馨和快乐。

小诗人用自己独特的发现，写出了自己对妈妈的深情。

有的小朋友把妈妈的爱比作船，如五年级万丽娜的——

船

云朵是星星的船，

月亮是太阳的船，

小草是小花的船，

树枝是树叶的船，

文具盒是铅笔的船，

字典是脑子的船，

妈妈温暖的心。

是我美丽的船。

这位小作者运用一连串富有创造性的生动比喻，抒发了对妈妈的真挚之爱。

也有小朋友把妈妈的爱比作床，请看四年级陈严韬的——

床

土壤，是蚯蚓的床，
大树，是猴子的床，
山洞，是熊的床，
云彩，是太阳的床。

妈妈的爱，
是我快乐的床。

小诗人用自己非同一般的想象，歌颂了伟大的母爱。

以上三例，从表现方法看，好似有相似之处，但小诗人或用明喻或用隐喻建构意象，却没有一处雷同。因为小朋友都懂得：没有创新，诗就不会有生命力。正是诗，激发了他们创造性激情的喷发，才能写出如此耐读的诗来。

亲爱的小读者，我相信你们每个人对妈妈都有抒发不尽的浓情厚意。在读了上面这些作品后，你们也已受到启发，想想该如何来抒发自己的感情呢？请你也来写一写对妈妈的爱，好吗？

第五章

让想象的翅膀飞起来

想象是诗歌的翅膀，

没有想象，

诗歌就无法飞翔。

想象的魅力

　　"没有翅膀，没有鸟；没有想象，没有诗。没有美丽的想象，诗就飞翔不起来。"诗人圣野用诗的语言，一语点破了想象在诗中的重要意义。

　　确实，诗离不开想象。离开想象，就不可能称其为好诗。

　　有人说：想象是人类的第三只眼睛，藏在心里，它能看见许多奇妙的事物和意想不到的东西。诗人可以借助想象，看到一个神奇的世界。在这里，我们也可以体会到想象在诗的世界中那种特殊的魅力。

　　我读了竹口小学小浪花诗社小诗人们的作品后，我被他们那些新奇、大胆的想象折服，好像他们个个都长了藏在心里的第三只眼睛，看见了许多奇妙的事物，描绘出藏在心中的那些意想不到的图景。这令我为他们那些非凡的想象而感叹、惊讶，拍手叫好。

　　请看，二年级刘秀良的——

文具盒

文具盒是一张小床

铅笔睡在里面

橡皮睡在里面

小朋友送我的小飞机

睡在里面

长大了　我想

飞天的愿望

也睡在里面

　　文具盒是一种常见的文具，在小学生生活中随处可见。把文具盒比作一张小床，也无甚出奇之处，前面三个"睡在里面"，只不过是略富童趣的想象，但当读到最后三行，"长大了　我想／飞天的愿望／也睡在里面"，却是令人意外的出彩。就是这个美丽的想象，使整首诗一下子飞翔起来，成为一首感人的小诗。诗，不一定字字句句精雅，才算好诗，只要在节骨眼处，能出人意料地把诗人内心最真实的感受，用三言两语表达出来，引起读者的共鸣，就是真正的好诗。这位小诗人把出自自己内心的远大理想，理解为睡在文具盒里面伴随着文具成长，这是多么精妙的比喻，精致极了。多么美好的愿望，多么美丽的想象！

想象之所以具有艺术魅力，在于诗人能把抽象的心理意识变成具体的图画意象。譬如节约用水是每个懂事的小朋友都怀有的意识和理念。如何将这一比较抽象的道理转化为艺术形象？竹口小学二（2）班的胡玮同学发挥了自己丰富的想象后，把它具体化了——

水龙头

滴答滴答

水龙头哭了

我问他哭什么

他低着头不说

我用小手帕轻拭他的眼泪

可怎么擦也擦不干

看来这一下

水龙头真的生气了

"万物本无情，有情的是人的心。"小诗人通过拟人化的用法，把本来无情的水龙头写成有感情的"人"，会哭、会流泪、会生气。通过自己的想象，把它童话化了，读起来令人感到一种盎然的童趣。这首诗充分展示了小诗人的想象的魅力。

小浪花诗社的小诗人的诗作之所以具有想象的艺术魅力，是与它的创造性分不开的。如果他们一味模仿，依样画葫芦，就引不起读者的共鸣。丰富的想象力，从来被看成是诗人富有才华、富有创造性的标志。小诗人学步之始，免不了有模仿的痕迹，但当他们走过了仿作阶段之后，就积极开展富有创造性的思维活动，从自己有限的生活积累和库存中提炼着诗的形象和画面，从自己的记忆长河中撷取、捕捉美的小浪花。例如，日出本来是一再出现在历代诗人笔下的老题目，是个老掉牙的题材，可是五（2）班的杨晓儿却以自己非凡的想象力，写出了一首精致的小诗：

天妈妈煮蛋

你瞧，天妈妈又在煮蛋了，
从东边端来一个大红蛋，
那是给，
日夜忙碌的云阿姨吃的。

东方日出这种习以为常的自然现象，到了小诗人眼中，竟然充满着童话的趣味，实在教人不得不佩服小朋友的想象力。

我曾读到一位台湾小朋友胡小妮的小诗——

蛋

这个皮球不圆嘛
也可以滚吧
啊

破了
哈哈
太阳
流出来了

　　她把蛋黄想象成太阳，我深深地为她的想象力所感动，而竹口小学的杨晓儿又把太阳比作红蛋，两首诗真有异曲同工之妙。

　　小诗人们的想象，常常天马行空般任意驰骋，不受事物规律的束缚。五（2）班的杨晓儿，就把小草想象成一个爱漂亮的姑娘——

小　草

小草姑娘爱漂亮
一早起来先打扮
一朵小花戴头顶
露珠挂在脖子上

　　五（1）班的陈咪娜则把小草联想成一个爱哭的女孩——

露

小草是个很爱哭的女孩
每天一起床就含着泪珠
太阳妈妈怕她哭瞎眼睛

轻轻地把她的泪珠拭干

还是五（1）班的陈咪娜，她的另一首诗则把天空描绘成
老寿星——

天

谁知道天的年纪有多大？
它当真是寿星？
听爷爷常管它叫"老天"。
我横竖觉得
天总是那么年轻！

四（2）班的杨晓盼却把香蕉描写成爱笑的姑娘——

香　蕉

香蕉姑娘最爱笑，
笑弯柳腰不言愁。
圆溜黄舌吐口出，
教人喜欢涎水流。

五（1）班的陈晓蓓则把花瓶描写成爱漂亮的姑娘——

花　瓶

花瓶姑娘，
酷爱漂亮。

天天把花，
插在头上。
可她自己，
懒得梳妆。

诗人们只要有一点美丽的想象，就可以写成一个小童话，其实这些小童话，就是一首首童话化了的小诗。

读这些小诗人的诗，我们还不难发现他们的小诗中那些美丽的想象活动，始终是沿着抒情的轨迹、情感的波浪而运动的。请看三（2）班王佳之的——

玩泥巴

玩泥巴，玩泥巴，
一捏捏出个小娃娃。
娃娃张开小嘴巴，
对我说起悄悄话：
衣服太脏别穿啦，
赶快回家洗一下。

玩泥巴是孩子们的一大乐趣，而这种活动本身就是洋溢着激情的充满创造性的活动。诗中的小主人公高兴地捏出一个泥娃娃，获得了创造的快感，是可以想象的。而更难得的是小诗人发挥他新奇的想象，把不可能化为可能，让泥娃娃具有人的思想感情，反过来关心起捏娃娃的小朋友，把想象的魅力发挥到极致，从而创造了一个美丽的童话世界。轻描淡写的几笔，化成深情厚谊，抒发了浓浓的温馨情意。读这首小诗，都可以感受到诗中的想象，始终是沿着情感的脉动而运动着，从而使想象更加具备感人的魅力。这首小诗之所以值得喝彩，就是小诗人把最平淡无奇的玩泥巴这种儿戏，通过自己奇特的想象，赋予泥娃娃以人的思想感情，不仅能开口说悄悄话，而且有着关爱别人的深情，诗意盎然而生。这种创意的想象，不仅新颖，而且动人，极具魅力，值得我们细细品味。

我读着小浪花诗社小朋友的诗篇，仿佛走进了一个诗的世界。我感受到小诗人们展开想象的翅膀，在艺术的天空中自由飞翔。我被他们创造的想象魅力，深深地震撼。啊，真美！

想象要奇妙

想象要新奇，越新奇越美。

萤火虫、蝉和星星都是夏夜常见的事物，在常人看来，既不新也不奇，但是通过想象，就可以使它变得又新又奇。

请看湖北省荆州市谢右中心小学五年级胡中乔小朋友的——

夏夜童话

萤火虫，穿梭忙，
晶亮童话满天挂。
树上蝉儿搔得痒，
驮着童话"咻"远飞。
我把星星装入瓶，
照得梦都闪闪亮。

（指导老师：倪高武）

有谁见过萤火虫背上驮着童话飞来飞去的？这是小诗人发挥自己新奇的想象，把童话拟人化了。它把蝉儿搔得好痒，飞走了。又有谁见过天上的星星被人装进瓶子的？小诗人发挥奇特的想象，把瓶里的萤火虫，想象成一闪一闪发光的星星，更新奇的是"照得梦都闪闪亮"。非凡的想象创造了童话般的美，使这首小诗也闪闪发光，留给读者的还有更多的想象天地。

想象奇特，诗才会更美。再来看看台湾儿童诗人陈义勇写的——

如果给时间加上颜色

如果给时间着上颜色，
我们就可以清清楚楚地看见，
时间如何从从容容地
从我们的等待中、玩乐中、不经意中……
一分一秒地走过。
毫不停留。

如果给时间着上颜色，
我们就会紧紧地将它握住，
用它来读书、工作、研究……
一秒一分地把智慧汇集，
再释放耀眼的光辉；
一秒一分地把时间色彩汇集，
再为自己绘出绚丽的前途。

这里，诗人给时间加上颜色，是个奇妙的想法。时间本来看不见，摸不着，加上颜色，就可以看见了。这是第一段的大意。人看见了时间又能怎样呢？第二段告诉我们要把握时间，做有意义的事，不要虚度了光阴，诗的主题就鲜明正确地突现出来了。值得重视的是最后四行，表现出高明的"合"的功夫。第一段是"起"，第二段是"承"，而尾四行就是"合"，有了这四行，诗才完整。诗要有完整性才会美。这四行使诗的含义更深了一步，读起来耐人寻味。

再来看另一首曾经获得"台湾第三届月光奖"的关于上色的诗——

我要给风加上颜色
风的脸，是什么样子？
风的身体，是什么形状？
想知道，却没有办法。
如果给风儿着上颜色，
答案就清清楚楚。

如果风儿有了颜色，
奔跑的时候，
就可以看到她的身影；
也可以看清她面孔的模样，
还有她变化的表情。

那飘飘的衣袂，
是风儿漂亮的舞步，
淡青色的，是微风

浓黄色的，是强风

紫色的，是狂风，

只要空气流动，

天空就会五彩斑斓，

太阳照射下来。

当空飘动的裙裾多么美丽！

如果风儿有了色彩，

我用彩笔现出她的原形：

贼样地翻窗进屋，

来去无踪……

忽然，一个漂亮转身，

柔情千般，恋恋不舍……

如果风儿有了色彩，我能测出她

越过河面的宽度，

跨过山岭的高度，

穿过树林的深度，

钻过草丛的厚度，

还有与花仙子相会时，

涂抹的香水浓度。

如果风儿有了表情，

它也一定乐见我的表情，

相拥着，表达对地球的无限情意，

这世界该增添多少乐趣！

　　台湾老诗人林钟隆的这首诗，和前面这首《如果给时间加上颜色》，想象之新奇，异曲同工。诗人展开想象的翅膀，把大家虽然感受到的但都不曾真正亲眼见过的风，借助自己的彩笔，把风描绘得如此多姿多彩，创造了令人神往的魅力。

　　如果说《如果给时间加上颜色》和《我要给风加上颜色》，都是一种奇妙的想象，那么另一位小朋友写的一首诗，它的想象就更加奇妙了——

灵魂是什么颜色

　　　人在做好事的时候，
　　　他的灵魂是红色的；
　　　人在做坏事的时候，
　　　他的灵魂是黑色的；
　　　人在睡觉的时候，
　　　他的灵魂就从心灵的窗户飞出去——
　　　变成了蓝色。

　　　我帮妈妈切肉的时候，
　　　灵魂是又红又黑的；
　　　人心复杂时，
　　　灵魂是五颜六色的。

　　多么奇特的想象，留给读者多少思考啊！

　　一个人受外界事物的刺激影响，往往会产生喜怒哀乐等各种情绪。这种变化在自己感受之后，往往想用语言表达出来讲给别人听，或用文字写出来让别人知道。这时强烈的情感往往透过奇妙的想象传达出来。是诗，抒发了孩子们内心的情愫。如金华金师附小三（2）班蒋宇星的——

把风装进大口袋

冬天的风是冰凉冰凉的
夏天真闷热，多难受
我想把冬天的风装进大口袋
到了闷热的夏天
再把冰凉的风送还大自然
到那时，让人人都凉快。

小作者凭自己切身的感受，在天寒地冻的冬天，风是冰凉冰凉的，而到了赤日炎炎的夏天，闷热得真难受，于是她突发奇想：要是把冬天的凉风装进大口袋，储存起来，到闷热的炎夏，再将它放回大自然，"让人人都凉快"。想象离奇而美妙，不仅体现了一颗关爱全球的纯洁晶莹的童心，而且童趣盎然。

童趣来自天真而又奇妙的想象，如金华市环城小学三（1）班刘天的——

小水滴的梦幻曲

滴答，滴答，
小雨滴又在弹琴了！

它在弹什么呢?

小鹿说:

这是一首优美的迎春曲;

小猴说:

这是一首快乐的迪斯科;

小鸟说:

这是一首飞翔的进行曲;

小雨滴自己说:

这是一首大海的梦幻曲。

　　把滴答的雨声想象成小雨滴在弹琴,既不奇也不妙,是比较普通的。但经一句提问"它在弹什么呢?",出现了小鹿、小猴、小鸟三个角色的回答。三种动物做出三种不同的诗意的解释,且都入情入理,应该说想象都很美妙;更奇妙的是小雨滴自己的解释"这是一首大海的梦幻曲",使得诗意更加葱茏了。假如没有这些新奇的想象,也就不可能把"滴答声"这一平凡的事物，表现得如此活泼，如此动人，如此富有诗意。

我想聪明的小诗人一定已经领悟，当你动笔写诗时，一定会张开你想象的翅膀，在"新奇"这个词上下功夫。

想象要鲜活

想象要鲜活，越鲜活越美。

喜新厌旧是人之常情，因此想象要脱俗，要避免落俗套，而且要活，活灵活现地呈现在人们眼前，才会受到人们的欢迎。要是你的思想是人云亦云，依样画葫芦，老调重弹，一副呆板的老面孔，就不会给人带来新鲜、活泼的感觉。

比如，圣诞老人是孩子们都很熟悉的人物形象，每逢圣诞节前，街头巷尾随处可见。但中国香港圣公会仁立小学四年级丁卢家琪小朋友的诗，却别出心裁地让圣诞老人出现在冰箱里——

冰箱里的圣诞老人

冰箱里

是永恒的冬天

住着一位

最慷慨的圣诞老人

小朋友每次敲门

都会得到

好吃的礼物

　　小作者从冰箱的冷，想到那是永恒的冬天；冬天是圣诞老人出现的季节，联想到冰箱里住着一位圣诞老人。这种想象是很新鲜的，好像从没有人做过这样的联系并把它表现出来。由于孩子们回家，打开冰箱门，就会拿到好吃的食物，小作者机智地想象成它是圣诞老人的礼物。一般而言，从冰箱经常可以得到这样的礼物，圣诞老人真是一位慷慨的老人。看，人物不是活起来了吗？

　　想出一个新鲜的比喻，是需要想象力的。比喻之所以不同凡响，就在于有鲜活的想象。杭州市树园新村小学四（2）班程怡敏小朋友就用了一个不同一般的比喻来写师生关系——

花

　　　　同学是花瓣，
　　　　老师是花芯，
　　　　同学一圈一圈围住老师，
　　　　听老师讲花的故事。

　　这一想象不仅奇丽，而且也很新鲜。通过学生是花瓣、老师是花芯的比喻，构建了一个美的世界；用同学一圈一圈围住老师，来比喻花瓣一瓣一瓣围着花芯，也很确切，形象也就活起来了。最后一句用来点题，使读者回味无穷。

　　杭州市树园新村小学五年级赵正义小朋友的想象更加别

开生面，他把粉笔想象成一个小个子的勇于献身者。他是这
样展开他鲜活的想象的——

粉　笔

粉笔个子很小，
用处可真不少。

在美术老师手里，
粉笔变出了山峰、小溪……

在语文老师手里，
粉笔变出了的、了、吗、呢……

在音乐老师手里，
粉笔变出了哆、来、咪、法、索、拉、西……

在数学老师手里，
粉笔变出了加、减、乘、除……
粉笔到了尽头，
为我们的学习献出了自己。

我爱粉笔，
我爱小小的、小小的粉笔！

小诗人借粉笔来歌颂教师，歌颂教师那种点燃自己照亮

别人的牺牲精神，十分感人。这种感动，来自小作者鲜活的想象。

鲜活的想象其实也来自现实生活，如果平时注意观察，多训练自己的各个感官，就会灵机一动，想出新鲜的不同凡响的比喻来。例如下雨天，街头巷尾都能看到各种色彩鲜艳的伞，于是杭州市树园新村小学六（1）班孔黎娜小朋友头脑里就冒出一个新鲜的比喻——伞花。她又把雨滴想象成一群活蹦乱跳的雨娃娃在浇花，写下了一首很美的小诗——

送　伞

雨娃娃，
来浇花，
大街小巷
开满了伞花花。
给奶奶
送去伞一把。
她也变成了
雨中一朵花。

诗的结尾一笔，想象更新鲜：一般人大多把小姑娘、年轻妇女比作花朵的，又有谁会把老奶奶比作一朵花呢？由于这一鲜活的想象，使得这首小诗更加美了。

想象要独特

　　想象要独特，才能呈现不同凡响的美。每个人都有自己的个性。想象也要有自己的个性，才会美丽。如果千人一面，就不会产生美感。

　　下雨是个常见的现象，雨也就成了习以为常的事物。越是普通的东西，就越要有独特的想象，这样才能产生美感。

　　宁海县实验小学五年级张甜甜把下雨天的雨点想象成雨花，显示了她想象的个性。请看她写的——

雨　花

　　　　下雨了
　　　　地上开出一朵朵小花
　　　　小小的花儿白白
　　　　小小的花儿亮亮
　　　　雨停了
　　　　那些花儿不见了
　　　　是谁
　　　　摘走了那么多

美丽的花

把雨点当花来描写，这一想象很美，也很独特，给人一种愉悦的美感。小诗人将雨花写得很迷人，白白的、亮亮的；从花开写到花儿消失，不仅写出诗的意境，而且一步步加深了读者对雨花的思念。这是与小诗人独特的想象分不开的。

苍南灵溪四小三（5）班的林莹莹把雨天想象成"太阳公公睡觉去了"，也很独特，颇富童趣——

雨

太阳公公睡觉去了。
雨宝宝
争先恐后
从天上逃了出来，
落在水里不见了。
害得太阳公公到处找——
雨宝宝，
你在哪里？

这位小作者的想象很独特，也顺理成章。由于太阳公公不在，雨宝宝才有机会"争先恐后"从天上逃出来。这一独特的想象把读者带进一个童话世界，可以产生许多美丽的联想。雨滴落进水里，"害得太阳公公到处找"，焦急地大声呼唤"雨宝宝，你在哪里？"不仅呼应了开头，而且留下了无尽的回味。

请看诗人张翠花写的就更不同于一般——

雨

阳光度假去了
雨的小精灵
跑呀跳呀碰呀撞呀
不理会天庭阴沉的脸色
个个
争先恐后
跌跌撞撞
纷纷
向人间洒落
喜讯

这首小诗共有四组独特的想象："阳光"不出来，就是"度假去了"；阴云密布的天空，说是"阴沉的脸色"；"雨"是贪玩好动的小精灵，到处"跑呀跳呀碰呀撞呀"；更奇特的是，竟然把洒向大地的小雨点，想象成雨的小精灵洒向人间的"喜讯"。独特的想象很美，一环扣一环，使诗歌显得生动有趣。

风筝是儿童诗中一个常见的题材，不知多少人写过关于风筝的诗，把风筝比作天上盛开的花，好像也不稀奇，可是谁也没有想到蓝天上种花的园丁。杭州市安吉路小学二年级赵晨小朋友别出心裁地写了一首——

风　筝

蓝天是花园，
小朋友是园丁，
在蓝天上，
种下了朵朵鲜花。
风一吹，
它们盛开了。

由于小作者驰骋的想象，把蓝天上的风筝比作盛开的花，而小朋友就是蓝天花园里的园丁，使得小诗别具一格。

比喻的新鲜感，来自想象的独创性。请看杭州市树园新村小学六年级叶子的——

春　韵

小鸟在歌唱，
那是春的使者；
小草在破土，
那是春的衣服；
树叶在摇曳，
那是春的脚步。

题目就洋溢着诗味，诗中的三个比喻都是小诗人的独创。尽管小鸟、小草、树叶都是极普通的春天景物，但把它们分别喻为春的使者、春的衣服、春的脚步，不仅贴切，且很富诗的韵味，经小作者一组合，就把春天写得很美，也很富诗意。这诗意源自小诗人的独特想象。

小朋友的想象力不仅丰富，而且很有个性，使我惊叹不已。杭州市饮马井小学五（1）班吴梦获写的——

太阳给月亮的信

太阳铺开火红的信纸。
用金色的阳光写下致月亮的问候。
太阳在信中写下了很多很多关于白天的故事，
白天的故事很美，也很明亮。
白天的故事是孩子们放风筝的欢笑，
白天的故事是荷花上晶莹的露珠，
白天的故事是森林中欢唱的小鸟，
白天的故事是蓝天漫游的朵朵白云。
晚霞是太阳的邮票，
星光是太阳的信使。
傍晚收到太阳温暖的祝福。

我相信小朋友们懂得了想象要奇妙、要鲜活、要独特的道理之后，一定都会把诗写得更美。

用"假如"来训练想象力

　　没有想象，就没有诗。但有想象，也不一定是诗。例如有一位小朋友写了一首"诗"——

　　　　假如……
　　　　假如我是小鸟，
　　　　我会在蓝色的空中飞翔；
　　　　假如我是一条鱼，
　　　　我会在蔚蓝的大海中遨游；
　　　　假如我是一位科学家，
　　　　我会创造出许多新产品。

　　这位小作者虽然用了三个"假如"，展开自己想象的翅膀，但因受现实本来面貌的限制，想象的空间不够广阔，飞翔不起来，既没有创造出优美的艺术形象，也没有创造出一个美的意境。因此，这首"诗"就少了一点"诗味"。

　　想象是一种积极的、富有创造性的思维活动。我在教孩子们学写诗时，非常重视想象力的训练。进行这项训练时，我就用《假如……》作为命题，让孩子们尽情地张开想象的翅膀，在广阔的宇宙间任意遨游，突破时空的一切限制，去捕捉诗这个想象的小精灵。

当然，在训练的起始，孩子们往往跳不出我提示的框框，写出来的小诗往往诗意不浓，如开头举的例子一样。

为什么孩子用《假如……》命题，仍然捕捉不到"诗"这个小精灵呢？我曾做了认真的分析，我想，主要原因有五点：

一、想象不够丰富、大胆，跳不出事物本来的面貌

1. 假如我是一只蚊子
我肚子饿了去吸血
因为我喜欢血的味道

2. 假如我是一个太阳
我会照亮全世界
我会给人们带来温暖
下雨后会给人们带来一座美丽的桥

二、缺少感情，情味不浓

1. 假如我是小鸟
我想在天上飞

2. 假如我是一条蛇
在草丛里穿梭
我生活在丛林里

自由自在

3. 假如我是孙悟空
打倒妖魔鬼怪
保护唐僧
去西天取经

4. 假如我是金华市长
我会命令工人做一个很大的蛋糕

5. 假如我是神通广大的哈利·波特
我会用魔法石来建造一座很大的孤儿院

6. 假如我是小鸟
我在早晨用歌声唤醒大地

三、几个想象之间没有关联

1. 假如我是金华市市长
我会加强绿化
为祖国建造一个绿色天地
假如我是天文学家
我会探索天文奥秘
为祖国的天文事业做出贡献
假如我是历史学家
我会认真研究历史奥秘

解开从古到今的历史谜团
假如我是外星人
我会学习种种外星和地球知识
做个外星中的科学家

2. 假如我是一只鸟
我会给人们带来快乐
假如我是天气
我会给人们带来温暖
假如我是一只苹果
我会给人们提供营养
假如我是一颗种子
我会给沙漠一片绿色
假如我是一只青蛙
我会把世界上的害虫吃光
假如我是一棵大树
我会让人们在我底下乘凉
假如我是一位最棒的医生
我会让我的病人脱离苦海

3. 假如我是足球队员
我一定会为班级争光
假如我是孙悟空
我一定会造福人民
假如我是一棵树
我一定会为人类散发出最新鲜的空气

假如我是一只啄木鸟
我一定为治好大树的病而努力

四、不懂得构造一个意象

写诗的内容，不外乎情（感情）、理（思想）、事（人事）、物（外物）四项。思想感情是看不见的、抽象的、虚的；事物是看得见的、具体的、实的。如果要把抽象的思想感情表达出来，就得依附在具体事物上，这样才能写得具体生动，也就是构造意象。

1. 假如我是一个画家，
我要画出美丽无比的图画。

（只是直白叙述，不具体，不生动，没有味道）

假如我有一支神笔，
我要像马良那样，
为生活添彩增色。

（有美的想象，景物具体，景物中有情感，有诗意。）

2. 假如时间不声不响地流逝了，
还有许多事都做不成了。

（有景没有情，建构不成意象，也就没有诗味）

假如我们不珍惜，
时光老人就悄悄地从我们身边溜走了。

（有意象，就有诗味。）

3. 假如有一天世界没有歌声，

世界将变得死气沉沉。

（只写景，没写情，有象无意，不成诗。）

假如安徒生爷爷还活着，

他有说不完道不尽的故事，

引来孩子们的欢声笑语。

世界将会变得，

比童话更多彩。

（情与景相随，有诗味。）

4.假如我能变，

我要变成一块五颜六色的魔方。

（景中无情，有象无意，不是诗。）

假如我是一块魔方，

我要建造一座魔法学校，

让每个小孩都比哈利·波特更哈利·波特。

（意象具体生动，是诗。）

5.假如老师不是每天板着脸，

学生们就会学得愉快。

（直接叙述，缺情少景，不是诗。）

假如微笑像春天的花朵，

天天绽放在老师脸上，

孩子们的成绩，

就会比春花更艳丽。

（有情有景，情景相融，诗意盎然。）

五、缺少完整性

东打一枪，西打一枪，没有美感。

> 1. 假如我是雨伞
> 我就会在下雨的时候
> 让妈妈不要被雨点淋湿
> 假如我是小河
> 我就会用自己的河水
> 把沙漠变成绿洲
> 让沙漠变成一个有草有花的地方
> 假如我是雄鹰
> 我就会去守卫边疆
> 让祖国人民能安心工作
>
> 2. 如果我是个法官
> 我要尽心职守
> 决不为虎作伥
> 如果我是个演员
> 我要让人们把肚皮笑痛
> 如果我是个医生
> 我要让疾病远离人们身旁
> 如果我是个画家
> 我要把世界点缀得更美丽
>
> 3. 在炎热的夏天
> 我愿变台电扇
> 为备课的老师送凉爽

在寒冷的冬天

我愿变盆炭火

为批改作业的老师送温暖

4. 假如我会飞

我会去畅游世界

我会去美国白宫

告诉布什不要与伊拉克打仗

我会去日本东京

告诉小泉不要参拜靖国神社

我会去阿富汗

告诉拉登不要再当世界的公敌

我会去以色列

告诉沙龙不要对巴勒斯坦动武

我会去台湾岛

告诉分裂分子不要分离祖国

假如我会飞

我会去维护世界的和平

因此，展开想象时，多想几个"假如"，是训练想象力的好办法。但还是要时时注意以下几点：

①要敢于跳出事物本来的面貌，才能大胆地展开想象的翅膀。

②要围绕一个中心展开想象。

③没有想象就没有诗，没有情感也没有诗。在展开想象时，要融汇自己的情感。

④展开想象时，力求做到情景交融，建构意象。

⑤不要东打一枪，西打一枪。写成一首诗时，一定要注意整首诗的完整性。

多一点童话色彩

把非人的事物人格化，

加一点故事情节，

用童话的眼睛，

挥洒想象。

如果再在诗里加点故事情节

当我们展开想象的翅膀，就会出现一个又一个美丽的想象。把这些想象稍微串一串，便会变成一首美丽的诗。如浙江苍南县肖江二小赵凌凡小朋友的——

雨

雨啊雨，你真有趣，

有时像一头发怒的狮子，

有时像一个温柔的小姑娘，

有时像断线的珠子撒遍大地……

雨啊雨，

你真是个变幻无穷的魔术师。

小诗人借助自己丰富的想象，把雨景描绘得绚丽多姿。尽管笔墨不多，却煞费苦心，色彩缤纷。

但是，一首诗仅仅具有美是不够的，还必须具有吸引人的魅力，能够按照作者的愿望去叩响读者的心扉，进而打动读者的心灵。要达到这一要求，牵涉许多艺术方面的因素。

　　其中有个比较简单易行的方法，便是适当地加点故事情节。

　　如果在诗里编织一个小小的故事情节，它就变成一首童话意味的诗了。例如苍南县实验小学二（5）班颜冰的——

小雨滴

　　　小雨滴啊小雨滴

　　　你可千万别淘气

　　　你在天上可要好好的

　　　别跑到地上来打扰人

　　　如果要到地上来玩

　　　请先给我打个电话好不好

　　这首小诗，小作者把小雨滴想象成一个淘气的娃娃，本

第六章 多一点童话色彩

161

来没有什么出奇之处，但是作者用了告诫的语气，产生了一点动感，最后带出了"如果要到地上来玩"，请先打个电话来，加上这个情节，就有了童话味了。

一切诗歌艺术，如果能将真实与虚构杂糅在一起，便能把使人可信的部分与使人惊奇的部分融为一体，产生一种吸引力。例如苍南县实验小学肖希希的——

雨娃娃

今天又是周末了
雨娃娃正在天庭玩儿
一不小心打碎了
雷公公最心爱的花瓶
雷公公大吼一声
雨娃娃都给吓哭了
纷纷逃出来
泪珠儿洒遍了人间大地

小诗人信手写来，好似在讲一个童话故事。雨娃娃"一不小心，打碎了雷公公最心爱的花瓶"。这一新奇的想象，引出雷公公发怒，"大吼一声"，"雨娃娃都给吓哭了，纷纷逃出来，泪珠儿洒遍了人间大地"。既形象也很贴切，如果没有这个故事情节，这首童趣盎然的小诗也不存在了。

如果把故事情节想象得更加多变一点，诗就能写得更美、更动人。例如苍南县实验小学三（3）班苋婉婉的——

雨娃娃

雨娃娃很不乖，
雷姑姑大声说：
乖孩子，别乱跑。
雨娃娃不听劝告。
争先恐后跑下凡间。
风阿姨想把雨娃娃抓回天上，
雨娃娃却东倒西歪
躲过风阿姨的追捕，
飘下来……
过了好久。
太阳公公出来了，它用金色的天网，
把雨娃娃一个个收回天庭。
西天出现了一道七彩的天桥，
你看，
雨娃娃一个个从天桥上走过。
是不是桥的那一头，
就是天牢？

这里，小诗人将雨娃娃的遭遇和经历，写成一个曲折动人的童话，有着浓郁的民间故事的韵味。在一首短诗里，不仅讲述了一个情节跌宕、内容感人的故事，而且为读者留下了无穷的悬念。

不过，因为不是写童话诗或故事诗，诗里的情节，就不要像写故事、写小说那样描绘，那反而会使作品显得臃肿、沉闷。我认为在诗里加点情节，是为了训练小朋友的想象力，因此要简洁，要简省。不要把想象中的情节，不加选择地堆砌进诗行之中，不管情节多么美丽、多么跌宕，都要适可而止。

当然，到了已经娴熟地掌握诗歌艺术，能够驾驭写童话诗或故事诗时，那又另当别论了。这里，我可以推荐一首台湾诗人杨唤的童话诗请大家欣赏一下——

童话里的王国

小弟弟骑着白马去了，
小弟弟骑着白马到童话的王国里去了，
妈妈留不住他。
爸爸留不住他。
就是小弟弟最爱听的故事，
和最喜欢的小喇叭，
也留不住他。

啄木鸟知道了，
很早很早就给小弟弟
把金银城的两扇门敲开啦；
老鼠国王知道了，
很早很早就穿上新的大礼服，
在那一大朵金黄色的向日葵底下
迎接他啦！

啊，热闹的日子，

高兴的日子，

美丽的老鼠公主出嫁的日子呀。

（澄蓝的天也蓝得亮晶晶的，

蓝得不能再蓝啦！）

太阳先生扶着金手杖，

来参加这老鼠国王嫁女的婚礼来了。

风婆婆摇着扇儿，

也匆匆忙忙地赶来了。

好多客人哪！

只有小弟弟一个人

骑着美丽的小白马。

美丽的公主羞红着脸请客人吃酒了。

美丽的公主羞红着脸伴着客人跳舞了。

客人们高兴得要疯啦。

老鼠国王脸上笑得要开花啦。

（真的，这幸福的王国里

开遍了幸福的花！）

醉了的客人献给公主的是

一顶用彩云编织的王冠。

太阳先生是个聪明的老绅士，

就用一串串的星星做赠礼，

珍珠似的星星好镶在那顶王冠上呀。

风婆婆送给公主一把蜂蜜做的梳子，
好梳公主那乌黑的长头发呀。
小弟弟送什么好呢？
小弟弟送给她一个洋娃娃吧！

两只年轻的小白兔抬着一顶红纱轿，
一队纺织娘的吹鼓手，
一队蚂蚁的小旗兵。
走远了，走远了……
老鼠公主从金银城嫁到百花城去了。
听说公主的女婿
是一只漂亮体面的红冠大公鸡。

夜好静好深啊！
客人们都醉得不能走路了。
小弟弟的眼睛小得只剩下一道缝了。
小弟弟要睡了。
小弟弟呀，小弟弟呀！
妈妈和爸爸在叫你哪！
小弟弟呀，小弟弟呀！
你的大喇叭急得要哭啦！

小弟弟，快回去吧！
你若是害怕走夜路，
萤火虫会提着灯笼送你回家。
把好心的风婆婆送给你的糖果

留给小妹妹吃；
把老鼠国王送给你的摇篮
留给小妹妹睡；
太阳先生送给你的那颗小小的希望星，
就送给爱你的小恋人吧。

　　诗人杨唤以他的生花妙笔，把一个老掉牙的民间故事勾画成一个令人羡慕的童话世界，其实并没有太多的故事情节，但凭借丰富的想象，却使每位读过这首诗的人无不深深陶醉。聪明的小读者们想必已经领会到"如果诗里加点故事情节"，对训练自己的想象力和增添作品的艺术魔力有点什么作用了吧。

以联想开拓思路

要培养自己的想象力，还常常可以把一件事物的形象、声音、颜色、味道、意义等方面和另一件事物相类似的地方联系在一起，就成了联想。

联想大致有五种，聪明的小作者都可以轻易掌握并加以发挥。

第一，相似的联想。我们可以从两种不同的事物中寻找某一方面的相似点。

例一：宁海县竹口小学五（1）班王丹丹的——

卷 发

理发店里

一位顾客正在卷发

窗外

一盆菊花看见了

觉得好羡慕

你看

她也偷偷地

卷起了

自己的头发

　　小诗人抓住了盆里的菊花也美似卷发姑娘，从这一相似点发挥想象，写出一首很美的小诗。

　　例二：宁海县竹口小学五（1）班陈咪娜的——

夏日联欢会

夏日联欢会开始，

雷公公拿出大鼓敲起来，

乌云奶奶把窗帘挂起来，

风阿姨放开嗓子唱着歌，

小树弟弟不停地跳着舞。

青蛙先生用低音唱着夏天曲，

蟋蟀和纺织娘演着相声，

知了妹妹唱出婉转的曲子，

蚂蚁同学排队做起团体操，

蚯蚓叔叔跳着迪斯科舞。

啊，夏日联欢会多么热闹！

　　这位小作者从某一相似点上（如雷公公打雷似敲大鼓，乌云奶奶把似珠帘的雨滴挂起来……），展开一连串的联想，把这首小诗展示得绚丽多彩。

　　例三：台湾诗人詹冰的——

蜈　蚣

小蜈蚣说：
"爸爸，新年到了，
我要穿新鞋子。"
蜈蚣爸爸说：
"你是要我的老命是不是？"

　　作者从儿童生活体验出发，每逢春节，总希望大人为自己买双新鞋过新年，于是联想到蜈蚣爸爸充满哀叹的一声回答，让读者再去展开联想。

　　第二，接近联想。我们还可以从两种事物在时间、空间的特点来寻找接近点。

　　例一：宁海县竹口小学三（2）班王佳之的——

回　家

小鸟在蓝天玩
鸟妈妈等着它回家
风儿到处玩
风妈妈等着它回家

同学放学回家
在马路上玩
心里可记着
家里急急等待的妈妈

小作者从鸟妈妈等小鸟回家、风妈妈等着风儿回家联想到同学们在街上玩，有相似之处；但两者毕竟是不同的事物，从眼前的景物引出对事物的联想，也属接近联想。

　　例二：东阳市巍山镇小学二（1）班程远的——

长眼睛的肥皂

周末放学到家里
我给肥皂画眼睛
方方的肥皂有了眼睛
衣服洗得更干净

　　小作者从自己的眼睛能看清一切，引发了奇特的接近联想：要是给肥皂画上眼睛，肥皂就能看到衣服上的脏污，岂不可以把衣服洗得更干净？

　　例三：上海市杭州路一小五（1）班曹靖的——

闪　电

闪电
是天上的老师
用一支锃亮的神笔
在批改天娃娃的作业
一会儿一个叉
一会儿一个钩

小诗人从自己的生活体验出发，从眼前的闪电联想起老师批改作业的情景，拉近了两者之间的空间，写出了一首有趣的小诗。

第三，对比联想。我们可以通过想象把两种相对立的事物联系在一起，开阔思路。

例一：中国香港九龙灵光小学上午校六（Ａ）班周倩莹的——

时　间

在我上课的时候
是个年长的老伯伯
走起路来
总是慢吞吞的

在我玩耍的时候
却是跑步的健将
不消一会儿
已跑得无影无踪

小作者从自己的体验出发，时间有时过得慢，有时过得快，"慢"与"快"是对立的两面。由老伯伯走路"慢"联想到跑步健将的"快"，创造了两个意象，细加咀嚼就出现一种诗味。

例二：金华环城小学四年级徐昕哲的——

卖火柴的小女孩

妈妈叫我买火柴
我看见了卖火柴的小女孩
小女孩
快快跟我来
这儿有温暖的火炉
这儿有香喷喷的烤鸭
这儿有关丽的圣诞树
这儿有慈祥的奶奶

千万别赤裸着你的双脚
千万别蜷缩着你的双手
快到这儿来
快到这温暖的国度来

　　这位小作者由妈妈叫他买火柴，联想到安徒生童话里的卖火柴的小女孩；由自己过着幸福的生活想到卖火柴小女孩的不幸；由自己生活的充满温馨的国家，想到安徒生生活那个时代的贫富悬殊的社会，一一对比，联想出这样一首极富人情味的小诗来。

　　第四，连锁联想。由第一个事物想到第二个事物，有时再由第二个事物，联想到第三个、第四个事物……

　　例一：杭州市安吉路小学二年级何溶小朋友的——

星　星

星星，
星星，
你是小猫的眼睛。
小猫，
小猫，
你为什么不睡觉？

夜晚天际出现星星，本来是一个极平常的现象，人人都看得见。这位小朋友却发现了它的美。他把星星想象成小猫的眼睛，这是小诗人凭他的直觉获得的一种特有的美感。这美感来自他对夜空观察产生的联想，从而写下第一句诗。想好这一句，才产生了第二句，因为按照孩子的生活习惯，一到夜晚，就应该睡觉的，于是产生连续效应，问出极富童趣的第二句。想得很有趣，问得也很合理。

例二：台湾省苗栗县海宝国小张绣春小朋友的——

萤火虫

小小萤火虫，
喜欢在晚上出来玩，
可是常常会迷路，
妈妈就在他们的尾巴上装了小灯泡，
从此，小小萤火虫每天晚上出来玩，
就不再迷路了。

夜晚的郊野出现萤火虫的踪影，也是一个平常的现象。这位小作者运用拟人的手法，把萤火虫想象成一个好玩的孩子，在夜晚出来玩，常常会迷路，怎么办？于是又联想到他们的妈妈在他们的尾巴上装个小灯泡，进一步想到有了灯光的指引，他们就可以天天晚上出来玩，不会再迷路了。正由于一步扣一步的连续想象，合情合理地构建了一个优美的意象。

例三：

月　亮

一面大银锣

太阳神力来敲动

溅出满天星

作者把月亮比喻成一面大银锣，由月亮联想到太阳，而把太阳想象成具有神力的太阳神，才有神力来敲响这面大银锣。再由想象中的大银锣联想到星星，且把星星比作因神力敲动大银锣飞溅出来的火星，一环扣一环，一气呵成，仅用三句诗描绘了一幅美丽的想象图画。

第五，顺序联想。例如按照时间的顺序，从早上想到某一事物，联想到中午另一事物，再联想到傍晚的某一事物，最后联想起夜间的另一事物。例如，杭州市树园新村小学三（1）班付源远的——

窗　户

早晨，
把新鲜放进来；
中午，
把温暖放进来；
傍晚，
把凉爽放进来；
夜里，
把幻想放进来；
我们每天的窗户，
开向美好的未来。

小作者按照时间的顺序，窗户早上迎接新鲜，中午迎接温暖，傍晚迎接凉爽，这样顺序联想开去，好似信手拈来，一点也不费力。直到夜里，异军突起，窗户迎接了幻想，极富诗意。最后两句更有新鲜感，散发着强烈的时代气息。

有的作者因季节变换，由春天联想到夏天，由夏天联想到秋天，由秋天联想到冬季，更是顺理成章。

例如，宁波公德小学六年级李燕的——

四季躲在哪里

春天，
躲在缤纷的花丛中。
夏天，
躲在炎热的太阳中。
秋天，
躲在金黄的落叶中。
冬天，
躲在白色的雪花中。

作家李少白则把连锁联想和顺序联想融合在一起了。请看他的——

哪儿去了

春娃娃的花篮哪儿去了？
夏哥哥的绿叶遮住了。
夏哥哥的绿叶哪儿去了？
秋姐姐借去做地毯了。
秋姐姐的地毯哪儿去了？
冬爷爷的白被子盖住了。
冬爷爷的白被子哪儿去了？
盛到春娃娃的花篮里了。

　　从上面一系列例子中，孩子们是否已经得到启发：只要开动脑筋，联想就可以海阔天空地展开，就可以展开想象的翅膀自由翱翔。

把非人的事物人格化

在生活中，我们常常看到有的小朋友，帮自己的布娃娃穿上漂亮的衣裙，还对着她说悄悄话，好像她都能听懂似的。有的小男孩，拿着一支竹竿当马骑，嘴里还不断地吆喝着："快跑，快跑，快！"手上还拿着一把木刀，向着假想的敌人（有时是一个木偶，有时甚至是一段木头）冲去："杀！"在儿童的心目中，往往把本来没有人性的东西，都看作人一样，也有感觉，也有思想，也会说话，也有情感。

这种人格化的意识是与生俱来的，早在人类的童年时期，常常把人类以外的动物、植物，甚至没有生命的事物，都看成有灵性的，例如山有山神，水有水怪，雷有雷公，电有电母……总之，宇宙万物，都和人一样有灵性。

为了适应儿童审美需要，这种人格化的意识也常常成了儿童文学创作的习惯表现手法。因此，我们写儿童诗时，也常常可以把它当作表现方法来采用。大体上可以分为三种。

一、以物拟人

"以物拟人"，也就是我们常说的拟人法。例如鲁兵的——

小猪奴尼

有只小猪，
叫作奴尼。
妈妈说："奴尼，奴尼，
你多脏呀，快来洗一洗。"
奴尼说："妈妈，妈妈，
我不洗，我不要洗。"
妈妈挺生气，
来追奴尼。
奴尼真顽皮，
逃东逃西。
扑通——
掉进泥坑里。
泥坑里面，尽是烂泥。
奴尼又翻跟斗又打滚，
玩了半天才爬起。
一摇一摆回家去，
吓得妈妈打了个大喷嚏。
"阿嚏——你是谁？
我不认识你。"
"妈妈，妈妈，
我是奴尼。"
"不是，不是，
你不是奴尼。"
"是的，是的，

我真的是奴尼。"

"出去，出去！"

妈妈发了脾气。

"你再不出去，

我可不饶你。

扫把扫你，畚箕畚你，

当作垃圾倒了你。"

奴尼逃呀逃，

逃出两里地。

路上碰见羊姐姐，

她织的毡毛毯真美丽。

"走开，走开！

别碰脏我的新毛衣。"

路上碰见猫妈妈，带着

孩子在游戏。

"走开，走开！别吓坏

我的小猫咪。"

最后碰见牛婶婶，

她吊井水洗大衣。

"哎呀，哎呀，

哪来这么个脏东西？

快来，快来，

给你冲一冲，给你洗一洗。"

冲呀冲，

洗呀洗……

井水用了一百桶，

肥皂泡泡满天飞。

洗掉烂泥，

是个奴尼。

奴尼回家去，

妈妈真欢喜。

"奴尼，奴尼，

你几时学会了自己洗？"

奴尼，奴尼，

鼻子翘翘，眼睛眯眯

"妈妈，妈妈，

明天我要学会自己洗。"

　　这是一首极富儿童意味的儿童诗。故事有趣，构思新颖。诗中的主角小猪奴尼和他妈妈，写的是猪，其实写了一个顽皮孩子和他妈妈，还有羊姐姐、猫妈妈、牛婶婶，其实写的也是人，不仅具有生命，而且还会说人话，与人一样有行动，更有人一样的思想感情。这就是拟人化的表现手法的技巧。由于拟人化的使用，不仅使全诗充满了童趣，而且使奴尼这个人物跃然纸上。

　　写诗不只用动物拟人，也可以用植物拟人，同样也能写得栩栩如生。请看宁海竹口小学四（1）班陈玲的——

兰　花

兰花，

像一个害羞的小姑娘，

散发出一阵阵迷人的清香。

我不给它浇水，

它就全身没力气，

低下头悄悄对我说：

"我渴了！"

　　小作者把兰花当作人来描写，写出十分感人的细微的情感。

　　有生命的动物、植物可以当作人来描写，写得丝丝入扣，连无生命的事物也被赋予人的思想感情，会说话，会歌唱。请看，金华市环城小学三（1）班刘天的——

小雨滴的梦幻曲

滴答，滴答，

小雨滴又在弹琴了！

它在弹什么呢？

小鹿说：

这是一曲优美的迎春曲；

小猴说：

这是一首快乐的迪斯科；

小鸟说：

这是一首飞翔的进行曲；

小雨滴自己说：

这是一首大海的梦幻曲。

　　小作者不仅把没有生命的小雨滴，写成会弹会说、会思会想的生灵，而且赋予小鹿、小猴、小鸟三种小动物和那本无生命的小雨滴以人的灵性。这四个角色，分别为美妙的琴声做出了诗意的解释。

　　二、以人拟物

　　这与"以物拟人"相似。例如，宁波公德小学四年级万琦写的——

树

　　　　树是一个不想
　　　　把年龄告诉别人的姐姐，
　　　　我问它几岁啦？

它总是羞羞答答

不肯回答，

原来，它把自己的年龄

藏在肚子里。

小诗人通过自己有趣的想象，借树写活了一位年轻的姐姐的心思，神情毕现。而且，还用"年龄藏在肚子里"，暗喻树的年轮，显示出十分高明的手法。

三、以物拟物

与此相似的还可"以物拟物"，从而写出人类的思想感情。如东阳市实验小学韦晓天小朋友的——

鸡冠花

鸡冠花

像鸡冠

公鸡跑来看

越看越喜欢

这顶红帽真漂亮

我想跟你换一换

小诗人以公鸡的视角来写鸡冠花，让自己的想象展开翅膀飞翔，把鸡冠花也写活了。

从上述三类表现手法可以看出，我们写诗常常可以把非人的东西加以人格化，赋予它人的语言、思想、感情和行动，借拟人的手法在非人类与人类之间搭起一座桥梁，使得整个宇宙都充满了生命的活力。这样一来，可以使得诗中的形象更加生动有趣、浅显易懂，而且耐人寻味。

梦是挥洒想象的自由空间

　　梦境是个变化无穷的奇幻世界，而梦就是这个世界的魔术师。它常常会引起人们某种遐想，更是富于好奇心的孩子发挥想象力的广阔天地。

　　因为，梦是一种潜意识心理的戏剧化表现，它能激发我们日常生活中某种真正的感觉。把这种感觉写出来，就成了一首很美的诗。如诗人滕毓旭的——

梦

　　　　花儿的梦，是红的；

　　　　小树的梦，是绿的；

　　　　露珠的梦，是圆的；

　　　　娃娃的梦，是甜的。

　　请你闭上眼睛想一想，脑海里有什么感觉？出现了一些什么？有没有一幅画？

　　有一位二年级小朋友叫郑雯雯，她闭上眼睛，小草、树叶、花儿、蜜蜂、小溪、露珠都在做梦，她也想到自己的梦境，就出现了一幅幅的画——

梦

小草爱做梦，梦是细细的；

树叶爱做梦，梦是绿绿的；

花儿爱做梦，梦是香香的；

蜜蜂爱做梦，梦是甜甜的；

小溪爱做梦，梦是清清的；

露珠爱做梦，梦是亮亮的；

我也爱做梦，梦是美美的。

也许，有的小朋友会问：我闭上眼睛怎么没有出现画面？那也不要紧，请你再想一想，当你做梦的时候，脑海里又出现了什么。

我想，每位小朋友都有过做梦的经历，当你一进入梦境，想象会在其中来回穿梭，自由飞翔。

在梦的世界里，会有许多美丽的风景，遇到很多高兴的事，也可能会遇到各种各样的妖魔鬼怪，好似坠入一片黑暗的深渊。如苍南县实验小学二（6）班庄海纶小朋友在她的诗里描绘的——

梦

梦的节目可真多呀！

每天晚上都有，

好看极了！

像童话故事一样精彩，

像看电影一样有趣。

有时很恐怖，

吓得我哭出声来，

"哇——"

　　梦确实是一个有趣的题目，不同的孩子，做着不同的梦，请看上海古北路一小五年级丁洁的——

梦

梦

就像一个魔术师

等你睡着时

就钻进你的脑袋

给你表演节目

一会儿变成小鸟

一会儿变成狮子

一会儿变成魔兔

一会儿变成天使

可等你要抓住他了

他却溜掉了

　　这位小诗人把自己的梦境写得变幻莫测，让想象张开翅膀，海阔天空地尽情飞翔。

宁海实验小学三(2)班小朋友潘日地则把梦中天地写得灿烂而美丽——

梦

一到梦里我会飞，
飞上蓝天找星星。
星星在洗澡，
溅得我满身水泡泡。

"一到梦里我会飞"的想象，算不上奇特，奇在当他飞上蓝天找星星时，"星星在洗澡"，多么出人意料，更奇的是小诗人的感受："溅得我满身水泡泡。"

我曾在一次小作家培训班上，让孩子们写《梦》，作为想象练习，收到了意外的效果。请看三年级小朋友胡达的——

梦

梦伴着雨滴声来了，
它像什么？
头像虎，身子像鱼，
手像鹰，腿像马。
它朝我一阵冷笑，
我被惊醒了，
原来是个梦。

三年级蒋宇星的——

梦

梦
像只小猫一样轻轻地
向我走来，
她唱着催眠曲，
将我引领进神奇的世界：
我见到了可爱的仙人，
见到了可怕的老巫婆……
她有时让我开心，
她有时让我恐惧，
她真像个神奇的魔术师。

三年级的朱凯琪是这样描写梦的——

梦

她，是一个小精灵，
悄悄地走进我的怀抱，
她在我的怀抱里唱啊，跳啊，
唉，真是烦死人了。
我真想把她抓住，她却逃跑了。

二年级的颜冰则是这样写梦的——

梦

梦带我进入梦乡，
梦和我一起游泳。
梦和我共撑一把伞，
在路上走着，
带我进入彩色的魔幻世界。
大清早，
他跟我说："再见！"

三年级的吴迪笔下的——

梦

在你睡觉的时候，
梦会偷偷地跑入你的脑子。
梦像一个音乐家，
会在你脑里唱歌；
梦像一个舞蹈家，
会在你脑里跳芭蕾舞。
当你还沉浸在美好的享受中时，
天亮了，
一切都不见了。

四年级的赵璐媛这样写——

梦

梦把我带到了三天后，
我们正开着运动会。
800 米的第一名正是我，我高兴极了。
妈妈为了奖励我，
带我进了肯德基，
我正啃着那鸡腿，别有一番风味。
突然一只蚊子叮了我一口，
我惊醒过来，
发现自己正啃着那软枕头。

　　我们可以从孩子们的诗句中，感受到神采飞扬的想象，也可感受到小诗人们情感的激荡和语言的跳荡，从而引起共鸣。让我们再来欣赏一首四年级的傅禹小朋友写的——

梦

别以为只有人才有生日，

梦也有生日。

今天，

梦就过了生日。

梦在一家豪华的酒店里过生日，

梦把世界各地的朋友都邀请到这儿来，

我也被当作贵宾邀请，

当梦吹熄蛋糕上的蜡烛，

我就喜滋滋地从梦境中醒来。

　　这位小朋友的想象非常丰富，富有奇幻色彩，更难得的是，他把梦里过生日的喜庆场面，描绘得色彩斑斓。孩子是用童话的眼睛来看他的梦境的，因此充满了奇幻的色彩。他把自己在梦中有趣的经历，用似乎看得见的语言把它描绘出来，与小读者分享。这是一种不凡的创造。

　　写梦境，是训练想象力的一种最好的方法。请你也来试试吧！

第七章

架一座意象的桥梁

把你的感受，

通过各种各样的意象表达出来吧，

那么，你就会创造出，

一个童话般的境界。

意象的美

　　意象是诗学中一个重要的概念。诗学家认为：诗是意象的表现，可以说诗就是一个特立独行的意象符号系统。因此，诗需要由意象来传达诗美。虽然大多数小诗人还不一定懂得如何构造意象来表现美、传达美；但是，每个人的审美体验是与生俱来的。每个孩子都有他的审美体验，当他好奇的眼光落在客观事物上时，都会感到那么神奇，那么绚丽多彩。这些从直觉感受到的外界之象，都会自然而然地唤起小诗人的美感，捕捉到具有视觉美、听觉美以至味觉美、嗅觉美的意象，往往在他们自己都未明晰意识到的情况下构筑了意象的美。我在读了童声文学社的小诗人们的诗作后，强烈地感受到了小诗人笔下的意象美。

　　请看葛颖莹小朋友的——

诗的灵感吓跑了

诗的灵感很调皮
忽隐忽现
诗的灵感很胆小

什么都怕
突然
诗的灵感在我眼前
闪过
刚刚伸出双手

"颖莹 吃饭了"
妈妈在大声招呼
哎呀 糟糕
灵感呢

灵感
胆小鬼

　　这位十一岁的小学生不一定懂得如何构造意象来传达她的诗意。但是小诗人根据她自己的生活体验，当灵感来时，刚执笔想写作，却被妈妈招呼吃饭的喊声打断了思路，灵感又溜走了。小诗人把灵感这种比较抽象的主观感受的"意"，加以具体化，描绘成"忽隐忽现""什么都怕"的胆小鬼。这里小作者用感性的词语加以描绘，揉进了自己内心的体验，融合成一个理智和情感的复合体，自然而然建构成一个意象，传达了她所创造的诗美。

　　由于孩子们的生活天地并不十分广袤，生活体验也不很深广，而且儿童的思维常常是带游乐性的，因此在小诗人的作品里，更多的是快乐的小诗。在孩子们的头脑里，常常把天地间的一切，都当作游戏，凭借这种独特的感受，常常可以捕捉到一些成人无法寻觅的意象。

请看四年级刘曼小朋友的——

云朵的脸

云朵的脸
有时白有时黑
白像雪来黑像炭

有时像一幅画
五颜六色的一幅画
有时像一群
活泼可爱的动物

天空是个大舞台
风儿　云儿
扮演着各种角色
演绎着动人的故事

雷公叔叔
电母阿姨
为他们伴奏
咚咚咚
锵锵锵
引得旁边的观众时笑时哭
一哭

大雨淋鸿

一笑

隆隆笑声震天响

　　这位小诗人把天象变化看成是一次游戏，一场演出描绘得热热闹闹，先从云朵变脸着笔，"有时白有时黑"，有时像色彩绚丽的油画，有时像活蹦乱跳的动物，全是孩子眼中的天象。在她看来，风儿和云儿在扮演着各个角色，在天空这个大舞台上演戏。并且有雷公叔叔和电母阿姨为之伴奏，咚咚锵，咚咚锵，热闹非凡，这就把雷雨天气描绘得有声有色，十分传神。从这首小诗中，我们可以读到小诗人在寻觅、融合、深化她所捕捉到意象的过程。特别是"一哭""一笑"，使意象更加鲜明、突出，显示出小诗人对意象的感受力和捕捉能力。

　　在读童声文学社小诗人的作品时，我处处感受到他们思

维中充满着具有生机活力的意象。如五年级陈婉贞的——

风　筝

我是一只风筝，
不管飞得多高、多远，
妈妈总用那根无形的线，
把我牢牢地系住。

小诗人用一根无形的线构筑了一个美的意象，其中深刻的内涵，虽未点明，却能领会。如五年级林之的——

雨

玩累了的云娃娃，
在妈妈的摇篮中睡着了
嘘！别去吵他，
突然，雷公公打了一个喷嚏，
把云娃娃吵醒了，
云娃娃哇啦哇啦大哭起来，
泪水落得满地都是。

小诗人以他非凡的想象力，把童趣寄托在一个意象里，给读者一种无比美妙的艺术享受，从而形成一种意象美的震撼力。又如三（4）班马晓瑾的——

自己动手

洗衣板，牙齿多，
自己衣裤自己搓，
小拖把，辫子多，
越干心里越欢畅。

小诗人从自己游戏性的思维出发，用两个"多"，点出了洗衣板和小拖把的事物特征，构造了一个妙趣横生的意象。

读着一首首小诗，我深深地被小诗人所构造的意象美陶醉了。我钦佩他们追逐意象与捕捉意象的艺术敏感力，他们能在并不广阔的生活天地里，让自己的想象驰骋，用简朴的语言构造意象美，把客观事物反映得绚丽多彩。请看四（3）班李沙的——

泪

泪的滋味变化无常，
使人捉摸不透。
懊悔的泪，
是咸的
高兴的泪，
是甜的。
伤心的泪，
是苦的。
激动的泪，

是美的。

正因为有了各种各样的泪，生活才变得有滋有味。这首小诗，通过写泪，创造了层出不穷的意象，赞美了丰富多彩的生活，难得的是一位十一二岁的小孩子，竟能在品尝生活是如此有滋味之后，给人一种激励的力量。我惊叹小诗人竟能将主观的心意和客观的物象在语言文字中融汇与具现，达到了令人拍手叫好的地步。如若不信，我还可以举一首四（1）班祝海灵的——

平衡线

走在细细的钢丝上，
每走一步都要把握平衡。
走在人生的道路上，
每一步也要再三考虑。
不能偏左，
不能偏右。

这首小诗创造了一个比喻式的意象。古希腊哲学家亚里士多德在他的名著《修辞学》中谈到，善用比喻是天才的标志。这位小诗人当然算不上天才，但他巧妙地把人生道路比作走钢丝，"不能偏左，不能偏右"，每走一步都要考虑再三。这一比喻包含着多么准确、深刻、深邃的人生哲理。我相信每位读者读了之后，都会获得强烈而又清新的美感，而且是一种惊心动魄的美感。

从上面信手拈来的几个例子中，我们可以看到童声儿童文学社的小诗人们在不经意中以自己丰富的想象力，创造出了一个个美妙的诗的意象。我要为他们欢呼，我要为他们鼓掌。我想高呼：孩子是天生的诗人，请大家都来欣赏。

使难以描摹的抽象事物形象化

在日常生活中，在人与人思想感情的交流中，常常会碰到有些比较抽象的事物或心理活动，很难描摹或叙说，于是用另外的事物打个比方来说明，这样交流的双方都会豁然开朗。说的人要想说的事说清楚了，听的人也很容易接受，甚至听得津津有味。

这种打比方在写诗上，就是比喻的艺术手法。这种比喻的艺术手法，是开展想象和联想的一种重要的艺术手法，也是诗歌创作中最早产生并应用最广泛的艺术手法之一。苏联诗人马雅可夫斯基说："创造形象的原始方法之一是比喻，我初时的诗作，例如《穿裤子的云》全部建立在比喻上。一切是'好比，好比和好比'。"（《怎样写诗》，《马雅可夫斯基全集》第五卷，1961 年版第 93 页。）这说明学习写诗，就得学习并掌握比喻手法。这也是训练想象力的一种好方法。

因为，世界上的事物之间常有一些近似的特征。为了描写某一事物的某一特征，常常会用跟它相似的另一事物更加鲜明、突出的特征加以类比，这就需要有丰富的想象，找出两者之间的联系。所以，没有想象，便没有比喻。经常动脑筋去找寻这种类似的事物特征，也就等于在训练想象力。

因此，当我们练习写诗时，首先要努力调动自己丰富的想象力，用具体的事物去突出抽象的事物，把那些原本看不见的事物，写得让人看得见。时间是抽象的事物，马来西亚东甲启明一小伊华小朋友就是通过比喻来写时光流逝的——

化妆师

当那化妆师
把爸爸一头乌黑的头发
变成
灰白时
我已从无知中
长大

现在我知道
那化妆师
将毫不留情地
将我变成白发老妪
我能不
好好地掌握
分分秒秒吗？

小诗人把本来比较抽象的时间，比喻成具体的化妆师。它能把父亲的一头黑发变成花白，让孩子长大；它也能把女孩装扮成白发老妪，通过这一贴切的比喻，使意象鲜明，说明时光不留情，应该趁年轻好好珍惜时间。

有时候某种情绪或心理活动，也是很难说明的，但如果用一个比喻，发挥想象，就可让人清楚地感受到了。如台湾省屏东一位五年级小朋友朱玲莹写的一首——

爸妈不在家

今晚爸妈有事外出，
只有我一个人在家。
我心惊肉跳，
像被猫追进洞里的小老鼠。

当晚上家中仅有小女孩一个人时，她那种心惊肉跳的害怕心理，小作者用了一个十分贴切的比喻，就表达得十分明确、生动。

有时，有些事物的内涵比较丰富，不是一句话、两句话能说清的，但如果用比较具体的比喻，就能使别人加深体会。如宁波公德小学四年级赵碧君的——

家

家是一个温暖的被窝，
即使冬天，
也有暖融融的梦。
家是一把擎起的大伞，
即使风雨，
也有晴朗的天空。

家是爸爸、妈妈和我，

架起的三脚火炉，

而爱，使它红红火火。

　　小诗人用"温暖的被窝""擎起的大伞""三脚火炉"来比喻"红红火火"的家。用词非常贴切，而且突出了"家"的丰富内涵。不仅把比较抽象的"家"具象化，更把红红火火的"家"的内涵具体化了。

　　有时，通过想象可以把一些陌生的事物或感觉，利用读者熟悉的经验做具体的传达，如台湾省高雄县凤雄国小五年级陈正泰的——

雨　刷

下雨时

汽车像迷路的小孩

手不停地擦着

眼泪

汽车的雨刷对有的小读者来说是比较陌生的，但一经小作者作类比描绘，形象就十分鲜明、具体，生动极了。

有的道理比较难理解，如果用比较容易理解的事物或生活经验加以类比，也可起到意想不到的效果。例如"为自由而死"是一个较深的命题。可是宁海实验小学的葛颖莹通过一个巧妙的比喻，把它写得通俗易懂，请看她的——

为自由而死
——读《斯巴达克思起义》有感

那一刹那
风筝挣脱了线
随着风打转
随着风坠落
树说
何必呢
风筝抛出一句话
为自由而死
值得

小诗人仅用了一个比喻，生动地说明了一个深刻的人生哲理。

从上述例子看，有的是一首诗中某一句用比喻，有的一首诗内用几个比喻，有的一首诗通篇全用比喻。比喻在写诗时，用得很广泛，或用声音，或用色彩，或用形貌，或用心理状态，或用事物进行比喻，使得诗的内容生动地表现出来。

一个巧妙的比喻，能贴切地传达诗的内涵深意，有助于读者理解作品的内容，且能制造一个丰富的意象，使得一个本来十分单调的事件、一个枯燥乏味的物品鲜活起来，变得趣味无穷。如台湾诗人林良的——

小牙刷

绿毛虫好像一把
漂亮的小牙刷
为什么妈妈那么怕

把绿毛虫比喻成小牙刷，多么有趣，幼小的读者，读到这里一定会笑出声音来。

运用比喻，需要丰富的想象力。锻炼运用比喻的技巧，可使作品自然、亲切、有趣，带给读者美的享受。作者也可在创作过程中训练自己的想象力。

诗要有诗的意味才美

诗要有诗的意味才美。

诗意深远广阔，才耐人寻味。耐人寻味的诗，才有吸引力。诗味浓，诗意郁，内涵也就丰富。因此，学习写诗，就要使自己的诗有诗的意味。

例一：

A：炊烟在屋顶升起，

饭快烧好了。

妈妈喊在山上砍柴的孩子，

快回家吃饭。

B：炊烟是妈妈高高扬起的手臂

招呼着砍柴的孩子：快回家吃饭哩，

锅中的饭菜快凉哩。

（宁海县实验小学二（3）班任澄清《炊烟》）

A 例有景、有事件叙述，但没有诗味。

B 例有想象，用炊烟比喻妈妈高高扬起的手臂，招呼自己在山上砍柴的孩子，回家吃饭。用景物衬托出情感，一声声呼唤更加深妈妈关爱孩子的疼爱之情，就显出了诗味。

例二：

A：我从姥姥家回来，

天黑了，

天上没有星光也没有月亮，

心里真有点怕。

幸好路旁有路灯，

才让我放心回到家。

B：从姥姥家回来，

天已经黑了，

天上没有月亮，

夜静得可怕。

路灯真是个好人，

知道我害怕走夜路，'

一直把我送到家门口。

我转过身，

给黑夜里的光明使者，

恭恭敬敬地鞠了一躬。

（宁海竹口小学五（2）班陈晓海《路灯》）

A 例只讲清了一件事，虽写了景，也说了怕的感觉，但没有写情，更没有将情和景融合在一起构造出诗的意象，没有诗味。

B 例第一节虽是实写，但第二节通过小诗人自己的想象，把路灯做了拟人化的处理，使路灯具有人一样的思想感情；且作者也确实把它当作通灵性的人，他对路灯的好意的感激之情，跃然纸上，诗味就更浓了。

例三：

A：太阳像一只圆球，

早晨从东边升起，

傍晚在西边落下。

时间就这样悄悄地逝去。

B：太阳就像一只排球，

东边的球队把球发过去，

西边的球队又把球传回来，

这一来一回就是一个昼夜，

时间就从这一来一回中，

悄悄地溜走了。

（宁海实验小学二（4）班储一任《太阳》）

A 例：虽然把太阳比喻成一个圆球，但接着只有景象的描述，没有融入情感，也就构不成意象，缺少诗味。

B 例：表面上看不出诗中有多少深情厚谊，如细加琢磨，读者还是可以从字里行间感受到作者的情感。情由景出，情感已从景物中淡淡地折射出来。正如诗人圣野点评这首小诗时所赞赏的："巧妙的比喻，像看排球比赛中的一记妙传一样，看了会使你神往。"这就是诗味所在。

例四：

　　A：妈妈日夜为我操劳，

　　头上的黑发，

　　一天天变得花白，

　　如今变得全白了。

　　啊，妈妈我真不知道该怎样报答您。

　　B：妈妈那油亮亮的黑发，

　　被风雨洗白了，

　　被灯光漂白……

（宁海县实验小学三（1）班叶坚《白发》）

　　A例：直白，写妈妈头上的黑发变白，激不起读者的共鸣，所以也咀嚼不出诗味来。

　　B例：小诗人是通过写妈妈头上的头发由黑变白，表达对妈妈的感恩之情，但仅用了"被风雨洗白""被灯光漂白"……两个形象的描绘，没有一句感恩报答之词，艺术感染力却大大超出A例。诗以含蓄为美，小诗人对妈妈的感激之情全部隐藏在诗的后面，因为它含蓄才动人，更富有诗味。

例五：

　　A：东一片，西一片，到老不相见。

　　B：左耳朵见过右耳朵吗？

　　右耳朵见过左耳朵吗？

也许他们俩永远不能相见，

但他们都在一同倾听，

那童年时七彩的歌声。

（宁海县竹口小学二年级陈述《耳朵》）

A 例是一首传统的谜语诗，也写得很隐，很含蓄，但缺少情感，所以不感人，没有诗味。

B 例：明显是受 A 例那首传统谜语的启迪而写成的一首小诗，但它避开正面的陈述，用两个问句，点出两片耳朵"他们俩永远不能相见"。采取避实就虚，迂回前进，另外塑造了一种意象，然后笔锋一转，"但他们都在一同倾听，那童年时七彩的歌声"。歌声是看不见的，但能听见，听见就跟看见一样。小诗人还浓浓地抹一笔，那歌声是七彩的呢！写得多美！而且还可进一步细细玩味，小诗人还有许多要说的话，留在言辞之外，让读者自己去体会，使人感受到弦外有音，味外有味，这就是诗味的真髓。

例六：

A：圆规

叉开两脚

可以

画个圈

我外出

不管走得多远

妈妈

总是关心着我

B：圆规的脚
不论叉得多远
画出来
还是圆

我不论
走得多远
也走不出
妈妈的视线。

（宁海县实验小学五年级葛颖莹《圆规》）

A 例：将圆规和母爱两件毫不相关的事物放在一起，未找到某种有机的联系，虽然用了分行排列的形式，但仍不是诗，没有诗的意味。

B 例：小诗人从"叉得多远"和"走得多远"这一相似点做对照，加以比较，使得形象特征更加鲜明，且因内涵情感溢于言表，诗意就出来了。

上面六组对比，告诉我们：

1. 有想象才有诗，但光有想象还不够，还得有情感融汇。情景相融，构建意象，诗意就通过诗象显现出来。

2. 借助想象，用贴切的比喻，以景物衬出情感，就能呈现出诗的意味。

3. 通过想象，运用拟人化的手法，使景物具有人一样的思想感情，让景物也通灵性，诗意也就自然呈现。

4. 有时情由景出，让作者的情感从景物中折射出来。折射出来的不仅是诗人的情感，也折射出诗的意味。

5. 从平凡的事物中，看到不平凡之处，并把它的特征形象地描绘出来，用来表达内心的情感，诗意也就随之流露出来了。

6. 把想表达的情感，隐藏在诗外，避开正面的陈述，避实就虚，迂回前进，建构意象，诗意也就通过意象出现。

7. 把两种或多种不相同的事物加以对照，机智地找到它们的相似点，并加以比较，融入情感，就能出诗味。

8. 善于敏锐地抓住感动过自己的那些事物，借物抒情，去感动别人。做到想象丰富，情景相融，意象鲜活，情趣盎然，诗的意味也就浓郁。

第八章

写出有魔力的文字

好的语言有魔力，

你能想象，

会唱歌会呼吸的文字吗？

没准就在你的笔下。

诗是语言的艺术

　　一首诗离不开想象，更离不开感情，也少不了意象，但光有想象、感情、意象，还构不成诗。诗要用分行排列的语言来表现，可见语言是诗不可缺少的材料。

　　但是分行排列的语言，也还不一定是诗。诗的语言有它不同于其他体裁的特色，我们学习写诗，必须了解诗的语言有哪些特色。

　　①诗的语言是最富有创造性的语言。

　　诗歌的语言是鲜活的、不同凡响的。要是像鹦鹉学舌一样，用老调写诗，肯定感动不了读者。

　　②诗的语言是最富激情的语言。

　　诗主要是为了抒发感情，它是诗人情感的声音，是诗人情感的色彩。它要有饱满的情绪，强烈的热情。它要用像火一样的语言，去燃烧别人的心。这样的语言才有感染力，才能打动读者的心。

　　③诗的语言是最凝练的语言。

　　诗的语言真正的美，产生于它的简洁、明白，把想表达的思想感情压缩，然后创造性地用最鲜活、最富有表现力的语言表达出来，使之蕴含着无穷的生命力。

④诗的语言是最富音乐美的语言。

富有音乐性是诗的语言美的标志。法国诗人魏尔伦说：
"诗是音乐。"诗是文学的音乐，是心灵的音乐。它常常通过
诗的分行，配合感情、情绪的波动，用语言的长短、缓急，
声调的强弱升降，构成和谐的节奏，有时还可采用押韵、双
声叠韵等方式加强诗歌语言的音乐性。

孩子写的诗是儿童诗的一个组成部分，当然也是诗。既
然是诗，也要求用诗的语言来写诗。

由于儿童诗是写给儿童读的，因此儿童诗的语言除具有
以上特色外，还要考虑儿童的心理特点和接受能力，能让儿
童喜欢。

儿童诗的语言有哪些特点呢？

①浅显明白。

儿童诗是写给儿童读的，儿童掌握的词语数量不多，因
此只能用一些浅显易明的语言来表达。只要运用得好，浅显
的语言也能写出好诗来。如台湾省小学生黄文钦的——

早　晨

早晨起来

小鸟的声音

把我吵醒了

鸡看到了阳光

就高兴得跳出窝

把狗吵醒

狗追着阳光跑了又跑

我背着书包
带着小鸟的声音
我就到学校了
把小鸟声放了

整首诗，全是大白话，浅显明白，没有一点夸饰，用浅显的话写出早晨的景色，写"我"兴高采烈地背着书包去上学，把鸟声也带到学校门口，又"放"了。这里没有什么文采，但写出了小诗人的感觉，写出了他对早晨的喜悦之情，也在一个"放"字上写出了自己新奇的想象，诗意油然而生。

②童趣盎然。

儿童诗的作者常常用儿童的眼光来看大千世界，认为世间万物都是与人一样有感情的，所以一经儿童的口吻表达出来，就充满了一种儿童的情趣。如台湾省小朋友苏妙如的——

夕　阳

你为什么红了脸
是考试考不好
是赛跑摔了跤
是挨老师一顿骂
是……
你一句话也不讲　^
就跑回家
留下一个发呆的我。

诗中的语言是道道地地的儿童口气，也是孩子真真实实的想法，小诗人向夕阳提了一连串的猜想，但得不到半句回答，"留下一个发呆的我"，多么引人遐想！这种天真和稚气常常会给读者留下隽永的意味。话不在多，有时三言两语，就有意想不到的艺术效果。例如台湾省屏东五年级小朋友许玉燕的——

雨　伞

你为我遮雨，

有谁拿伞不遮你？

稚气的语言表达了纯真的童趣。

③形象具体。

儿童的思维多是形象的思维，作为思维外衣的语言，也就具有形象具体的特色。在孩子们看来，许许多多事物都是形象化的，而且处于动态之中。例如，金华环城小学二年级常昊小朋友的——

茶　叶

我不小心碰了一个茶杯

茶叶就像一条条

惊动的小鱼

在水中上下游动

慢慢地水稳了

小鱼又静静地躺在水底。

茶杯里的茶叶一经小诗人描绘，竟如此形象，如此多姿多彩。请看小诗人的另一首——

冬天的画

雪花纷纷扬扬地
飘落下来
这是冬爷爷
在画画！

冬爷爷画白了天
画白了地
画白了屋顶
画白了大山
画白了树林
画白了小桥流水

冬爷爷画不白的是
小朋友们缤纷的衣服。

从小常昊的两首诗看，形象具体是儿童诗的又一语言特色。

④音韵和谐。

儿童天性乐感较强，在通常情况下，总是比较容易接受那些讲究音乐美的语言，因此儿童诗的语言不仅要精练、生动、形象，而且要音韵和谐。例如武义实验小学三（5）班许鹏的——

蒲公英

小小个子想当兵
乐得妈妈笑吟吟
风伯伯带他去报名
个个当了小伞兵

这首小诗不仅写出了孩子眼中的蒲公英形象，并在蒲公英身上寄寓了自己的幻想和理想，创造出了一个孩子式的充满幻想的童话世界。"小小个子想当兵"，蒲公英妈妈成了赞赏孩子当兵的光荣军属。而且，每一行诗句中都用了双声叠词，"小小""妈妈""吟吟""伯伯""个个"等，强化了诗的节奏和韵律，每行还押了韵，因此有一种和谐的音乐美，这是诗的语言的生命。

语不惊人死不休

　　在生活中，我们用语言互相交流思想，而写诗是用无声音的语言——文字，来抒发自己的情感。

　　在交流思想时使用语言，要使人听得清楚，就得准确、简洁、明白。在抒发情感时，除了准确、简洁、明白外，还要求凝练、形象、生动，用富有表现力的语言来传达，才能让人感动，引起共鸣。这就要求诗人认真锤炼语言，我国古代诗人对语言都是狠下功夫的。如贾岛说他写诗所花的功夫是："两句三年得，一吟双泪流。"卢延让称他常常"吟安一个字，捻断数茎须"。杜荀鹤写诗也曾"一更更尽到三更，吟破离心句不成"。王安石的名句"春风又绿江南岸"，为这个"绿"字，曾几经修改，也正是这个"绿"字，才把江南一片春色给写活了。可见古人写诗对遣词造句十分用心，常常是千锤百炼，正如杜甫所说的，要求做到"语不惊人死不休"。

　　因此，小朋友们学写诗时，也要努力锤炼语言，力求使自己笔下的诗句，都达到字字珠玑的地步。

　　如何才能达到这一目的呢？

　　诗是一种抒情的语言艺术，所以诗的语言是一种富有感染力的抒发内心情感的语言。下笔时，要以最炽热的情感倾注笔端，才能拨动读者的心弦。苏联诗人鲍罗杜林曾写过一首——

刽子手

刽子手……
充满了绝望神情的眼睛，
孩子在坑里恳求怜悯：
"叔叔啊，
别埋得太深，
要不妈妈会找不到我们。"

（王守仁译）

这首小诗仅六行，却有着强烈的震撼人心的力量。这里没有血淋淋杀人的场面，仅用了一个即将被活埋的孩子的哀求，锤炼成感人肺腑的诗句，传达了诗人对侵略者的控诉。诗人从儿童自己的体验出发，表现了孩子纯真、率直的内心世界，读到这里会涌上无限凄楚的情感。

因此，在我们下笔前，要把想传达、抒发的感情反复锤炼，这样才能写出好诗来。例如，台湾省台中师院实验小学三年级游丽臻的——

迟　到

快！面包，面包！

书包、书包，快呀！

快！长裤，长裤！

背起书包，冲呀！冲！

离学校还有 50 米，30 米。

当当！

唉，还是迟到了。

　　这首小诗写出了一个眼看上学要迟到的孩子的焦急心情，非常逼真。小诗人为了表现怕迟到那种紧张、急躁的心情，已经到了气急败坏的境地，没办法从容地说出一个完整的句子，因此省略了句子里的主语、形容词、动词，但恰恰表现出怕迟到的孩子那种急促、紧迫和慌乱的情境。看起来这些诗句朴实得没有任何修饰，其实小诗人是做了锤炼，根据自己的生活体验，真实地加以反映。只有这种看似支离破碎的断句，才能逼真地传达迟到时那种紧张、急躁的情绪。

　　诗是一种最精致的语言艺术。写诗就要把自己的情感，最集中地凝聚在具有表现力的诗句中。每一句，甚至每一个词，都好像一颗小小的种子，孕育着开花结果的生命力。例如上海静安区一中的朱国平小朋友写过一首——

雷公公的爆米花

轰隆一声响

雷公公

撒下一把

爆米花

乐坏地上的

绿娃娃

　　这首小诗的每个字、每个词、每一句、每一行，都有很强的表现力。小诗人仅用了 23 个字，把雷雨情景写得有声有色。"轰隆一声响"，写出这场雷雨的声势；雷声后的大雨好似"雷公公撒下一把爆米花"，十分具体；绿娃娃的"绿"字，简直可以和"春风又绿江南岸"的"绿"字相媲美。这里小诗人以自己独特的感受，以非常凝练的语言，写出了孩子心中的快乐。

　　写诗就要做到言少意多，以最简省的笔墨，充分表达内心的情感。例如，宁海实验小学五（2）班孙来的——

时　　间

时间是无情的流沙，

把人们围在里面，

聪明的人拼命挣扎，

爬出来后把它变成能源，

而愚蠢的人却只能被埋没。

　　这五行诗，把内在之意，诉诸外在之象，把时间观念的强弱与人生成败的关系写得十分透彻。每一句都有很大的容量，蕴藏着强大的爆发力，读后有一种惊心动魄的感受。

　　诗是一种形象的语言艺术。世界上有许许多多的人和事物，常常能激动我们的情绪，我们要把内心的这种主观感受用诗的形式传达给读者，不能"叙述"，也不能"说明"，而要"表现"，用具体、生动、形象的语言，把外界客观的人、事、景、物，内心主观的感受，清晰生动地表现出来。古人说"诗中有画"就是这个意思。大家都知道"画"不会对我们"说明"什么，也不会对我们"叙述"什么，但是"画"能给我们"表现"某一个特定的情景或故事，而且"画"中的情景常常会引起我们共鸣，唤起我们某些联想或激起我们某种深思。有时会情不自禁地说："啊，真美，美得像一首诗。"这就是古人所说的"画中有诗"。这当然是高水平的要求，但只要懂得这个道理，小朋友也能写出"诗画合一"的好作品来。请看金华市环城小学三年级常昊的——

冬娃娃的画

冬娃娃
画了一张画
贴在窗上
太阳公公
也想看看
咦
怎么不见了

这是一幅较富动感而又充满童趣的画面。小诗人写的是冬天窗户上结的冰花，但又不明白地点出来，让读者自己去回味。诗的语言活泼，也有意境，并富有儿童情趣。特别是写冰花的消失，落笔含蓄不露，写得十分机巧，并富有儿童情趣，已到了不露痕迹的地步。

诗要写得形象化，借文字将人、事、景物放置在读者眼前，就得善于把握文字所体现的音响、色彩、动态，才能产生生活的传神形象。例如上海古北路小学三（1）班周易的——

大黄河

大黄河，
像条龙。
跑起来，
轰隆隆。

这首小诗仅用了12个字，有色彩、有音响、有动态，而且写得非常有气魄，值得称赞。

诗是一种富有音乐美的语言艺术。无论古今中外，诗都强调音乐美，遣词造句都讲究声调的和谐。这主要表现在韵律、节奏和音调三个方面。

例如：宁海实验小学五（2）班陈潇潇的——

云娃娃想家

云娃娃想妈妈，
飘来飘去想回家。
飘到东，飘到西，
到底哪儿是我家？

大阳公公听见了，
摸摸胡子忙回答：
天空这么大，
到处是你家。

　　这首小诗，不仅以非凡的想象描绘了想妈妈的云娃娃，更以颇具幽默感的笔触刻画了摸胡子的太阳公公的动态，使之童趣盎然。而且很自然地在一、二、四、六、七、八句末都押了"a"韵，回旋往复，重复出现，形成一种旋律美。

　　有的诗虽然没有押韵，诗句也不整齐，但也可以利用由情感、情绪的波动而引起的语音的长短、缓急、强弱相对应的音响效果来强化音乐性。例如，金华环城小学何骁飞的——

礼　物

崭新的

鸟笼

美丽的

鸟

是妈妈

送给我的

礼物

打开

鸟笼

放出

鸟儿

是我

送给鸟的

礼物

看着鸟

叽叽喳喳

欢快地

飞回大自然

是我

收到的

最好的礼物

　　从形式上看，这首小诗诗句长长短短，既不押韵，句式也不整齐。但从音节组合上来看却是整齐的。全诗三段，都用二二三音节组成，由于这种有规律的音节的和谐组合，产生了鲜明谐美的节奏感。这也能增强诗的音乐美。

整齐能够在一致中形成和谐美，但如果只有整齐，容易流于呆板，因此我们写诗除了讲究节奏美感，还要追求错综的美、抑扬的美和回旋的美，也就是说写诗还要注意诗句的声调。声调是指字音的高低、强弱、升降。如果声调配置得好，做到高低相同，强弱差错，升降相配，就能产生抑扬顿挫、节奏鲜明的旋律美。请看杭州树园新村小学二（1）班郑婷写的——

她是我妈妈

电视打开了，
优秀职员戴红花。
咦，她是我妈妈，
笑眯眯地在讲话。
踮起脚儿，
亲亲妈妈。
爸爸说我小傻瓜。

诗行大体整齐，一、二、三、四、七句是长句，五、六句是短句，整齐之中有错综，而一句之中平声字与仄字声相间，抑扬有致，构成了声调的旋律美，而且诗句的旋律美又和它所表现的特定内容非常协调，洋溢着一种欢乐喜庆的情调。

当然写诗锤炼语言是需要长期磨炼的功夫，不可能一下子都做得很完美。但语言是个基本功，既然我们要写诗，就得学习古人那种千锤百炼的功夫，做到"语不惊人死不休"，才能获得成功。

会发光的文字

西班牙诗人洛尔伽给孩子们写过一首诗——

海　螺

他们带给我一个海螺。

它里面在讴歌
一幅海图。
我的心儿
涨满了水波，
暗如影，亮如银，
小鱼儿游了许多。

他们带给我一个海螺。

（戴望舒译）

这是一首想象优美、奇特的儿童诗。诗人用"他们带给我一个海螺"作为开头和结尾，并且各自成为一个独立的段，用来突出主题。中间一段用了六行，作者通过丰富的想象，把"他们带给我"的那个海螺，贴到耳朵旁，好像听到了大海的喧响，仿佛看到大海的情景，甚至见到了海波起伏，"暗如影，亮如银"，甚至还看到了"小鱼儿游了许多"。短短六行诗，由海螺联想起海螺的故乡——大海，那么多情景，有声有色，留给读者无尽的遐想。这当中既有诗人用想象构筑的形象，也渗透了诗人对大海的深情感受。想象和感情在这里自然地融汇在一起。诗人把自己从这些形象和感受中所得到的愉快和热情传递给小读者。

　　作为一种感人的力量，这首诗用的语言，既朴素又平易，它之所以有表现力，就在于它采用了一些与大海相关的最有特征的词，如"讴歌""海图""水波""暗如影""亮如银""小鱼儿"……并使每一个字都闪闪发光。

　　前面我们已经说过，诗是语言的艺术。我们写诗就是要善于运用艺术的语言传达我们的思想感情，让他人引起共鸣。小朋友懂得这个道理，也能写出好诗来。请看上海浦东新区莲溪小学五（4）班张伊宁的——

海和天

海那么蓝，
天也那么蓝。
哪里是海？
哪里是天？
远处有条线，
隔着海和天。

这位小朋友借助自己的视觉直感，用了两个"蓝"字，极其单纯地用颜色巧妙地把天和海连接在一起了。两个问句，写出了一种使人迷醉的辽阔的海景，引人入胜地想到海天连接处真有那么一条线吗？小作者把海天一色的美景描绘得更加美丽。作为一种感人的力量，这首小诗的语言美，就在于言辞的准确、明晰和动听。

写诗就是要求熟练地掌握语言，如果每个词都能准确地放在它应该的位置上，明晰地表达想表达的思想感情，它就会放射出熠熠的光彩。语言掌握得好，就能准确地使用语言，若转换一个视角，又会出现一首好诗。请看台湾儿童文学家黄基博的——

蓝天和大海

海是地上的蓝天
风吹着渔帆飘动
像朵朵浮云
点点渔火
是眨眼的星星
蓝天是天上的海
风吹着朵朵浮云
像渔帆飘动
眨眼的星星
是点点渔火

诗人用熟练的语言，准确地描绘了蓝天和大海的图景，一幅是实际的景，一幅是想象的景，一虚一实，相互辉映，凭借想象使朵朵浮云成了飘动的渔帆，让眨眼的星星成了点点的渔火。诗人语言上的功力，使本来静态的海天景色产生了美感，给动态的大海设色赋予海天景色以生命。诗人几乎发挥了诗中每一个字的作用，于是呈现在读者面前的是一幅活灵活现的图景。

同样的题材，小朋友如有较好的语言功力，也能写出出色的好诗。如金华市金师附小艾青诗社的小诗人王童的——

蓝天就像大海

蓝天就像一个倒过来的大海
那云朵就像海风激起的浪花
那海鸟就像海底的小小鱼儿
那飞机就是海上航行的轮船

这位小朋友在诗中所使用的语言，都是十分平实的词语，但由于准确地把蓝天和大海做了对比，产生了一种相互比较的美。其实，在人类的语言中，真正的美是朴素的美，单纯的美。

学习写诗，语言的学习是很重要的。如果平常就努力增加词汇量，掌握每个字、每个词准确使用的方法，提高自己对语言的敏感度，对接触到的每个语言因素，包括音韵、形象、感情色彩、言外之意等都细加咀嚼，仔细玩味，到拿起笔来写诗时，就能用好每一个字，使每一个字都能闪亮、发光。

语言会有"意义"，也会有"颜色"，还会有"音响"。如台湾省高雄县五福国小曾诗青小朋友的——

云和天空

云真有两把刷子

天空的衣服脏了

云用力一刷

天空大喊痛！痛！痛！

眼泪"哗啦！哗啦！"地掉下来

　　小作者形容天的"两把刷子"，一语双关，用词十分简省、简洁；"云用力一刷"，充满了动感，使诗更生动了。"痛！痛！痛！"，象征雷声，"哗啦！哗啦！"，模拟雨声，发挥文字的"音响"，因此增色不少。

　　音响运用得好，可以增色。语言的色彩掌握得好，则更可取得色彩斑斓的艺术效果。如新加坡诗人刘可式的——

早安，小松鼠

早安小松鼠

整个早晨

我一直看着你

怎样把每一寸

玲珑的晨光

变作七彩的跳跃

嚼成松子的果香

　　这首小诗，仅仅七行，但由于诗人娴熟地使用每个字，

使字字发出最亮的光彩，把晨光中的小松鼠描绘得如此美丽动人。

　　因此，我们写诗时，要力求使语言平易、准确，更重要的是要使自己作品中的每一个字都能闪亮而发光，要力求简洁凝练，使诗句里没有一个多余的字。

使人笑出声的文字

　　小朋友们，你们熟悉盖达尔这个名字吧？

　　他是苏联著名的儿童文学作家，家喻户晓，写过许多脍炙人口的好作品，如《革命军事委员会》《学校》《远方》《军事秘密》《丘克和盖克》《铁木耳和他的队伍》……有一次，他外出旅行时，有个小学生认出了他，便抢着要给他提手提皮箱。提着提着，看着手中这只破破烂烂的皮箱，这位小学生感到很难理解，便脱口问道："您是一位大名鼎鼎的伟大作家，为什么用的手提皮箱却是随随便便的破烂货？"盖达尔笑着回答："如果手提箱是大名鼎鼎的皮箱，而我却是个随随便便的破烂货，那样不是更糟吗？"

　　幽默是一种智慧。它在引人发笑的同时，竭力引导人们对笑的对象进行深入思考。著名的作家、诗人们，常常在他们的日常生活中闪烁出这种智慧之光，如一位英国读者读了我国著名作家钱钟书的长篇小说《围城》之后，非常感动，打了个电话表达了他的崇敬之情，希望能见见他。钱钟书风趣地回答说："假如你吃了个鸡蛋，觉得不错，又何必一定要认识那下蛋的母鸡呢？"

　　聪明的作家和诗人，不仅在日常生活中表现得极为诙谐、风趣，还常常把幽默注入作品，给读者带来快乐。例如清代郑板桥写过一首——

茶　壶

嘴尖腹大手柄高，

一免饥寒便自豪。

量小不能容一物，

二三寸水起风波。

从上述一例便可看出，诗歌中一旦注进了幽默的因素，便可增添轻松、愉快、奇趣。因此，我们学写儿童诗时，最好也能有一点幽默味，也可使作品增加一分美感。

例如，台湾省有位名叫冯辉岳的儿童文学作家，他写过一首——

画鬼脸

比一比，

哪个更像鬼？

有的眼睛鼻子挤一堆，

有的舌头伸得长又长，

有的脸上涂得黑又黑。

嘻，

我画的是贪吃鬼，

张着大大的嘴，

猜一猜，她是谁？

嘘——

不许告诉我妹妹。

　　这首诗描写了孩子们画鬼脸比赛时的一个场面，不仅把场面写得活灵活现，而且十分富有童趣。本来前面八行已经构成了一首完整的诗，但仅是一幅白描的画，一加上后面三行自问自答，也就注进了一点幽默味，美感立即加浓了。作家的本意是讽刺妹妹的贪吃，但又不失温厚的感情。一声轻声的"嘘——"，神态活现，再加一句"不许告诉我妹妹"，幽默味就出来了。它像轻轻地搔痒一样，挑逗人的情绪，让读者不觉失声而笑。

　　幽默是一种艺术，它的天赋多少与遗传有关，但只要不断地学习与实践，不断地体验与表达，每位小作者都是可以掌握的。例如，宁海实验小学四年级叶冰冰写的——

洗脑子

妈妈

在洗衣服

边洗边对我说

这几年

脑子真糊涂

妈妈

你怎么了

难道

这里，小诗人听了妈妈的一句话，立刻从脑海里冒出另外一句话。我们只要细细品尝一下，就不难咀嚼出小作者的话中话，闪现着一点幽默味。

这位小作者确实有点幽默，一下笔就在字里行间流露出令人忍俊不禁的幽默感，为他的诗作增加了情趣。例如，他还写过一首《自由》："妈妈把我关在屋里／我／对妈妈说／我要自由／妈妈手里的／袋子里的橘子／从洞口跑了出来／啊／橘子／你也要自由？"本来全诗的前后两部分毫无关联的事，但小作者好似信手拈来，把没有关联的两件事建构成一首小诗。尤其是最后一句，使读者在发出会心的微笑的同时，读出那言外之意，而感到趣味盎然，回味无穷。

要使诗创造出隽永的回味，首先要给读者提供一种意境、一种思路，然后再以巧妙的方式加以否定，思路与情绪出人意料地发生转折，就会产生幽默味。

例如，陈竹水的——

早　起

每天，
爸爸都说：
"早起的鸟儿有虫吃！"

什么时候，
我能告诉爸爸：

"早起的虫儿被鸟吃！"

　　第一段作者用一句话教育孩子，给孩子讲早起的好处，养成早起的生活习惯，这是诗的主题原意。第二段，作者按前面提供的语境，顺着原来的思路，突然来个一百八十度急转弯，出其不意地否定了前面的意思，为读者制造了一点幽默味。

　　从文学创作来讲，包括我们小朋友学习写诗，如果能在作品中有一点幽默味，就可以为作品增添艺术吸引力，给读者带来愉悦。

　　而且，幽默的语言常常不是平铺直叙，一般都要创设一个语境，设下一点悬念，一经点破，解除了悬念，悟出诗中的内涵后，就会让读者发出会心的微笑，甚至放声欢笑。但笑后又会让人琢磨一下那言外之意，如上例中的"早起的虫儿被鸟吃"，究竟是什么意思？让人回味无穷。

　　幽默来自作者的聪明和机智，如有一位小作者写了一首——

　　　　　　红　灯

　　　　我被妈妈打了，
　　　　眼睛变成红灯了。
　　　　在玩小汽车的弟弟，
　　　　看见了我，
　　　　把小汽车停下说：
　　　　"红灯停！"

　　小作者仅用了三言两语，便把自己的机智展示出来，有一种逗人发笑的力量。

　　这种逗人发笑的力量，其实在孩子的生活中随处可见。只要我们留心观察，就能捕捉到。有时从兄弟姐妹吵架中都能发现有幽默味的诗意，请看叶宝贵的——

胎　记

姐姐跟我吵架，
她说：
"妈妈的肚子，
是我住旧了，
才让给你。"
别臭美了！
是我一脚
把你踢出去，
不信，
瞧，你屁股上乌青一片！

　　由此可见，逗人发笑的事是无处不在的，关键在于发现，当然也得培养一点幽默感。

用好一个字，灵动一首诗

　　法国文学家勒尔韦迪在他的《关于诗的思考》中说过："一个词（运用得不好）就足以把一首最美的诗给葬送了。"这是有道理的。但是，反过来，我们如果用好一个字，用得贴切，用得恰到好处就会给整首诗带来隽永的诗意，给读者以无穷的回味。因此，古人写诗都非常讲究炼字。

　　前面提到过，大家都熟悉的宋代文学家王安石在《泊船瓜洲》中的名句"春风又绿江南岸"，一个"绿"字写出春风过后的江南景色，形象地写出了生机勃勃的春色。一个"绿"字带活了整首诗，并使之成为千古传诵的佳句。

　　类似的例子是很多的，例如台湾诗人沙白的——

秋

湖波上
荡着红叶一片，
如一叶扁舟
上面坐着秋天。

秋天时，树叶有的变黄，有的变红，一片红叶飘落在湖面上漂荡，是个平常的景色。就前面两行，这诗也还不能成为诗，最多让人有"一叶知秋"的感触罢了。接着一行"如一叶扁舟"，也是常见的比喻，没有什么新奇的感觉。但是最后一句一个"坐"字，把秋天写活了，把景色写出了动感，诗意也就跃然纸上。

与前一首诗题材相似，表现上可说异曲同工，也因用好一个字成为一首好诗的，就是杭州市体育场路小学四（1）班雪婷的——

拾起秋天

弯腰拾起

一片落叶

你就能拾起

一个火红的秋天

这位小诗人很大胆，用一个"拾"字，把本来比较抽象的秋天，写得那么形象具体，可真算得上一字千金。

一首诗是一个新的发现，而用好一个字，有时就能成就一首好诗。金华环城小学常昊的——

泪

悲伤的眼睛

是泪的家

当痛苦跳进人的心里

泪就慢慢地落下

　　小诗人把"悲伤的眼睛"比作"泪的家"，这个想法确实奇妙，既形象又不落俗套。"当痛苦跳进人的心里"，小诗人凭自己的体验，认为痛苦常常是突然来的，在诗里用了一个"跳"字，用得很有分量，不仅把"痛苦"拟人化了，而且具体化了。"泪就慢慢地落下"，写出了感情的一种律动，产生了一种流动美的效应，而且还为读者留下一个想象的空间，满蕴诗情。这是非常难得的，而诗中这个"跳"字，更值得欣赏。

　　请再欣赏一位五年级小朋友张志铭写的——

抓　鸟

大家去抓鸟，

哇！抓到了，抓到了，

是一只小鸟。

如果母鸟找不到小鸟，

心里一定很着急，

想着，想着，又把小鸟放了。

　　这是一首写抓鸟的小诗，情节很平凡、简单，语言也很朴素、平淡，虽然诗中有一颗纯真、善良的童心在跳动，但毕竟也不大可能激起多少读者的感动。但诗中的那个"哇！"使抓到小鸟的时那种惊喜神态跃然纸上。试想，如果删去这个"哇！"字，并不影响整首小诗的存在，内在的思想内容和外在的诗歌形式，都不会有太大的影响。但请小朋友体会一下，要是没有这个"哇！"，你的感觉会怎么样？没有这个"哇"字，就感觉不到捉到小鸟那种惊喜、快乐的情绪；如加上"哇"字，再读一遍，就会感到生机盎然了。

　　有时，一首诗就靠一个字用得好、用得巧、用得妙而站立起来。请看娄靖的——

喇叭花

喇叭花正在

练嗓门儿

嘀嘀嗒，嘀嘀嗒

唤来了

一群群蜜蜂

一队队蝴蝶

啊——

喇叭花的歌声
真香

这首小诗美就美在这个"香"字上。用"香"去渲染喇叭花的歌声，一语双关，十分凝练，把喇叭花写得很美。而这种美，必须靠你的心灵去感受，去发现。

语言训练是学习写作尤其是写诗的一项基本功。为了寻求语言的高度表现力，为了准确、简明、生动、熟练地掌握和使用文字，我们就要像学钢琴的人不断地练习指法，像声乐演员不断地练习嗓子那样，坚持不懈地进行训练。训练可以加强我们对每个字、每个词的感觉和认识，加强遣词造句的能力，提高文字的简洁和艺术化的才能。

生活中有着无法估计的语言潜力，在语言的海洋中蕴藏着极其丰富的宝藏。每个字、每个词、每个语汇以及语法，都有它独特的作用，在用来表达我们的思想和感情时，在不同的语言环境下，都会体现出非常细微的差别，表现出十分微妙的意味。我们学习写诗，不仅要尽量熟悉并掌握这些语言的构成成分和要素，而且还要培养我们对语言的敏感和辨识能力，辨识每个字词和语汇语法的个性和用处，能在需要的时候，感觉它们，选择它们，确切地运用它们。

好诗是改出来的

写诗和写文章一样，要重视修改。

鲁迅认为："写好以后，至少看两遍，竭力将可有可无的字、句、段删去，毫不可惜。"改诗更是如此，因为诗的语言需要更简洁、更流畅、更优美。鲁迅还说："我做完以后总要看两遍，自己觉得拗口的，就增删几个字，一定要它读得顺口。"写诗也是这样，不仅要读得顺口，还要讲究音乐性，听起来悦耳动听。

因此，小朋友每写好一篇诗稿，都要认真修改。

一、朗读自己的诗篇

写好之后，将自己的作品好好读几遍。通过朗读，请自己的耳朵当老师，什么地方不顺口，什么地方用词不当，耳朵一听就可以听出毛病在哪里。

二、读给别人听

自己读几遍固然可以发现问题，但读给别人听，更能发现自己不易察觉的问题。

三、互相交换检查

检查别人写的诗，找出毛病来，对别人是一种帮助；对自己来说，也是个取长补短的好机会。比如，看别人的作品写得那么美，有那么丰富的想象，那么浓郁的诗意，而自己却写得这么实、这么板、这么干巴巴的，从中自然而然受到启发，得到借鉴。这不是一个很好的学习机会吗？

四、找出毛病之后，要认真修改

自己能改好，尽量自己改。先改容易改的，再改比较难改的。如果经过自己的努力，仍然有改不好的地方，要虚心向老师、同学或他人请教。

五、要用心体会老师的批改

文字组合是很微妙的，多一字、少一字或者前后位置调动一下，意思就完全不同了。因此要细心琢磨一下，老师为什么要这样改。

请小朋友仔细体会以下几个例子，比较修改前后的区别。

例一：金华站前小学五年级曹志毅的——

纯　真

世界上什么最纯真。
纯牛奶吗？
纯奶糖吗？
不！
母亲的心最纯真！

纯真（修改稿）

世上什么最纯真？
是牛奶？

是清泉？

是水晶？

不！

母亲的心最纯真。

　　作品的题目是纯真，要用最纯真的事物来衬托母亲的心，清泉、水晶要比纯奶糖更真切、更形象，因此将原稿中的"纯奶糖"改为"清泉""水晶"，既可加重语气的分量，也为衬托母亲的心灵做好铺垫。

　　例二：金华金师附小四年级赵璐媛的——

我是一张桌子

我是一张桌子

为小朋友服务了一生，

朋友们请不要用小刀刻我脸，

我在苦苦地哀求。

请不要毁我的容，

请不要，请不要！

我是一张桌子（修改稿）

每天，我都以亮丽的笑脸，

迎接来校上课的小朋友。

有的小朋友对我却不友好，

有时会用小刀刻我的脸，

使我痛苦不堪。
我向他苦苦哀求，
请不要毁我的容，
请不要，请不要！

一张好端端的课桌，被孩子用刀刻画得伤痕累累，为了突出前后反差，因此前面加了两句，并稍做形象的描绘，加强前后对比，使最后"请不要，请不要！"的呼告哀求更具感染力。

例三：金华江滨小学四年级朱念慈的——

伞

屋檐是燕子的伞，
树叶是蚂蚁的伞，
伞能带来快乐和温暖。
房间是人们的伞，
妈妈的怀抱是我的伞，
伞能带来幸福和欢乐。

伞（修改稿）

屋檐是燕子的伞，
蘑菇是蚂蚁的伞，
伞能带来安宁和温暖。

爱是世人共有的伞，

妈妈的心是我的伞，

伞能带来温馨和欢乐。

　　将"树叶"改为"蘑菇"，当作蚂蚁的伞，就更加形象；将"快乐"改为"安宁"，使之更符合意境；把"房间"改为"爱"，把"怀抱"改为"心"更富诗意；把"幸福"改为"温馨"，是不是使诗意显得更深广一些了呢？先写拟人化的非人类，后写人类，分成两段处理，就比较清楚明白，结构也更严谨。

　　例四：金华环城小学四年级吴思奕的——

自　由

我是一只小鸟

我是一只不会飞而关在笼子里的小鸟

我渴望着自由

期待着未来的明天

希望人们能够打开心里的锁

把蓝天白云还给我

自由（修改稿）

我是一只天真的小鸟，

却被关在笼子里。

我渴望自由，

好似干旱中获得甘霖。

小主人啊，你可懂得我的心

正在滴血，

快把蓝天白云还给我吧！

第一行加上"天真的"，既可加深读者的同情，又可使人想得更多，为什么它会失去自由？为什么会被关在笼子里？是不是因为它太天真、太幼稚？……第二行诗句太臃肿，不简洁，且与第一行有许多不必要的重复。第四行改成"好似干旱中获得甘霖"，比原句"期待着未来的明天"更具体、更形象。第五行意思不够明确，不如改成有针对性地向小主人呼告，并且突出小鸟的内心痛苦，把"正在滴血"另起一行，避免这一行诗句过于冗长，分成两行处理，可以增强诗的效果。

例五：金华市金师附小三年级吴倩帆的——

生　病

我生病了，

妈妈抱着我去医院。

焦急的妈妈，

一直在给我忙碌着。

看着葡萄糖一直滴着，

就像妈妈的爱流进了我的血液。

生病（修改稿）

我生病了，

妈妈抱着我去医院。

焦急的妈妈，

好似热锅上的蚂蚁。

医生给我挂上点滴，

妈妈才透过一口气来。

看着输液一滴一滴往下滴，

好像妈妈的爱也流进我的血液。

开头三行诗句比较明白流畅，没有改动一个字，第四行写得不够具体，不如用一句十分形象的俗话替代"一直在给我忙碌着"，这样妈妈焦急的心情和忙碌神态就呈现出来了。为了舒缓一下妈妈的心情，加上五、六行诗句，更进一步突出妈妈的关爱。最后两行稍作修饰，不必有更多的改动。

例六：金华金师附小三（2）班蒋宇星的——

照镜子

咦，镜子里有个我。

我对着她笑，

她也对我笑，

我说："您好！"

她张张嘴，

可是她不说话。

照镜子（修改稿）

咦，镜子里有个我。

我对着她笑，

她也对我笑，

我说："您好！"

她张张嘴；

可是她不说话。

我想她也许是个哑巴？

这首小诗，文字很简练，不用改一个字，但诗味不浓，于是在结尾处加上"我想她也许是个哑巴？"想象力就加浓了，隽永的诗意也就出来了。

例七：苍南霞关小学二年级杨夏馨的——

我陷入童话世界中

我玩娃娃时，

我和白雪公主跳舞；

我点灯时，

我看到了宝莲灯，

我想睡时，

床边躺着睡美人，

我深深地陷入童话世界中。

我已沉醉在童话世界中（修改稿）

我玩娃娃时，

想和白雪公主跳舞；

我剥豆荚时，

就跟豌豆姑娘聊天；

我点灯时，

眼前出现宝莲灯；

我想睡时，

床边躺着睡美人……

我已深深地

沉醉在童话世界中。

为了保持整首诗的完整性，使结构更匀称，在修改时加了一个剥豆荚的情节，并把文字稍加润饰，将题目改成《我已沉醉在童话世界中》，这样就使诗的意境更美了。诗要有意境，有了意境，会使读者回味无穷。

小朋友，你看了上面七篇诗的原稿和修改稿之后，相信你一定懂得今后如何来修改自己的诗篇了吧！

努力使自己成为一首诗

　　小朋友，学到这里，我想大家多少有点理解了吧：什么是诗？怎样才能写好诗？

　　但是，我们学习的目的，不仅仅是懂得什么是诗，不仅仅是掌握运用语言文字的能力，还应该从学诗中陶冶情操，健全自己的人格，成为一个心灵美的人。也就是说，要想写好诗，首先自己要成为一首诗。因为美可以塑造健康的人格，净化自己的心灵，培养良好的品质，养成应有的人格尊严。

　　写诗贵在真实。一开头我就讲过，写诗并不难，许多小朋友在写作实践过程中也已经体验过，并且得到证明。

　　例如十一岁的刘曼村小朋友就写过一首——

诗

　　　诗
　　　躺在大地妈妈的怀里
　　　我抱起她

一根小草
一片树叶
一朵野花……
她们都是一首诗

诗，就在生活中，就在你身边，是不难发现，不难找到
的。葛颖莹小朋友是这样寻找诗的——

找　诗

睁开眼睛
我在生活里
找诗

闭上眼睛
我在梦里
找诗

梦里梦外
都是
诗的花丛
美的世界

可见，当你跨进诗的大门后，处处是诗，谁也不难找到
她。难得是要写诗，首先要使自己成为一首诗。
诗是真善美的化身，诗是真善美的有机体。要使自己成

为一首诗，就要使自己成为真善美的化身；要使自己成为真善美的有机体，就要做一个真实的人、善良的人、心灵美的人。当然这也不是一天、两天就能修炼成正果的。但是与诗交往时间久了，在你的心灵里就会开出一朵花。正如葛颖莹小朋友所写的——

一朵小花

酷暑里
摇曳着一朵小花

曾经
点头在春风里
微笑在春雨里
诗意
萌发在春光里

恶毒的巫婆
夺去了她的诗

一朵粉红色的小花
呆呆地立着
露出的微笑也是丑的
心里再没有对诗
火一般的热情

巫婆
还她诗，还她诗
丑恶的人写不出
美好的诗
肮脏的人写不出
芬芳的诗

多希望
淋一场雨
浇醒
熟睡的诗意

　　读了这首诗，我想大家一定会领悟到：为什么要写好诗，自己首先应该是一首诗的道理了吧！

　　最后，我想借用英国文学家卡莱尔《随笔集·彭斯》中的一句话作为结语："要想写出不朽的诗篇，首先要使自己的一生成为一首不朽的诗篇。"

蒋　风
2018 年 5 月